L'ACHILEYDE

DE STACE.

Poëme delicieux achevé en cinq Livres, pour la premiere Partie, contenant toute l'Hiſtoire de la Ieuneſſe d'Achile.

Traduction en Vers.

Avec le commencement de la Thebaïde : Et ce qui ſe lit de la guerre écrit avec tant d'élegance dans le ſeptiéme Livre du meſme Ouvrage. Ce qui eſt ſuivi de la Verſion de quelques-unes des Sylves de ce Poëte : Et encore de quelques pieces choiſies des Poëtes Lucain, Silius Italicus, Valerius Flaccus & Claudien.

Par *M. D. M. A. D. V.*

A PARIS,
De l'Imprimerie de JACQUES LANGLOIS, ruë ſaint Jacques, au coin de la ruë des Noyers, proche ſaint Yves.

M. DC. LXXVIII.

AVEC PERMISSION.

La Version de toutes les Oeuvres de Stace avec des Remarques, & la Vie de ce Poëte, fut composée en Prose par le mesme Autheur qui a fait cette Traduction en Vers, & fut imprimée & dédiée au Roy en 1658.

PETITE PREFACE.

C'Est une chose étonnante, que Martial qui a parlé de tant de personnes illustres de son temps, n'ait rien dit de Stace qui écrivoit comme luy avec tant de reputation sous l'Empire de Domitien: Et que Stace aussi n'ait point parlé de Martial dans ses Silves, où il a loüé en tant de lieux les mesmes personnages que Martial a celebrez dans ses Epigrammes. Cela peut estre arrivé, de ce qu'il y avoit quelque mauvaise intelligence entre ces deux beaux Esprits, sans qu'ils se soient pourtant haïs jusques au point de se déchirer, ou tout moins d'écrire l'un contre l'autre. Mais Juvenal ami commun de tous les deux a dit clairement de Stace dans sa septiéme Satyre.

Quand Stace lit ses Vers, leurs forces nompareilles
Faisant rompre les bancs, ont charmé les oreilles:
Mais si quelque bouffon ne leur prette la main,
Si Pâris ne les aime, il les récite en vain.
Agâve est un sujet inconnu sur la Scene,
Bien que digne du jour sortant de cette veine.
Si Pâris le rejette, on n'en fait point d'estat.
Cét affranchi plus grand que Roy, ni Potentat,
Départ comme il luy plaist tous les biens de la Terre,
Les honneurs de la Paix: les emplois de la guerre.

Et un peu plus bas, sans rien ménager à l'égard de cét injuste favori,

Nous avons d'un farceur, dont il faut s'étonner,
Ce que les grands Seigneurs ne nous sçauroient donner.
Qui te fait rechercher, avecque tant de presse,
Les Camerins, Barée, & la haute Noblesse?
Pelops & Philomele ont fait pour quelques-uns,
Celuy-cy des Préfets, Celle-là des Tribuns.

C'est donc bien hardiment que quelqu'un oze prononcer que Stace n'est pas un grand Poëte, & que la langue Latine a dégeneré dans ses Ouvrages, ne mettant l'essentiel de sa Poësie que dans la grandeur des termes, & dans la magnificence des paroles (un Critique de nos jours s'en est expliqué de la sorte.) Mais peut-estre n'en doit-il pas estre crû. Et tout le monde sçait que Iules Cesar Scaliger, qui met Stace dans le premier rang pour la Poësie latine aprés Virgile, est bien éloigné de ce sentiment.

Son Achileïde est un Poëme charmant pour toutes les tendresses qui s'y rencontrent: & sa Thebaïde en est un autre tres-achevé. Et certes dans ce grand Ouvrage la mesme n'a-t-il pas assez fait voir l'étenduë de son esprit dans la force de son imagination ? Il a celebré des jeux magnifiques sur le tombeau d'Archemore, comme Virgile en a fait de si excellens sur celuy d'Anchise. La belle Poësie se trouve en l'un & en l'autre avec tous les charmes que l'invention y peut prester. Virgile a destiné des journées entieres pour chacun de ses principaux Heros. Le neuviesme Livre est pour le Prince Ascagne. Le dixiéme pour Pallas fils d'Evandre & pour Mezence dans le parti contraire. L'onziéme Livre est pour la guerriere Camille: Et le dernier est principalement celuy qui décrit avec le plus de circonstances les actions guerrieres des deux premiers Heros. N'y a-t-il pas également dans la Thebaïde de Stace des Livres entiers destinez exprés pour chanter les nobles exploits d'Amphiaraus, de Tydée, de Parthenopée, d'Hippomedon, de Capanée ? Et dans l'onziéme Livre il celebre le combat entre les deux freres Etheocle & Polynice. Tout cela est admirable : & ceux qui ne voyent pas ces choses dans leur jour, ont une vûë fort obscure, ou du moins bien differente de la nostre. Mais enfin, si la raison nous favorise, ceux qui ont dit que la Poësie de Stace ne consiste que dans la grandeur des mots, comme si d'ailleurs il n'y avoit point de genie pour les choses, se sont grandement trompez : & peut-estre que la version qui se donne ici de l'Achileïde est assez raisonnable, pour ne trahir point la pensée de son original, & pour ne faire point de tort à l'esprit & à la reputation de son Autheur. Il faudroit n'avoir jamais rien lû de Stace, ou ne s'entendre point du tout aux Ouvrages les plus polis des Anciens, si l'on ne demeure d'accord que celuy-cy est de ce nombre-là, c'est-à-dire du premier ordre.

Cependant on sera persuadé tant qu'on voudra qued'autres en feroient bien autant que tout ce que nous avons écrit sur ce sujet, selon toutes les regles qu'il faut observer dans les Versions justes & fideles : mais si j'osois dire ce que j'en pense, il me semble que peu de personnes en voudroient prendre la peine : Et je ne sçai pas mesmes, sans m'en faire trop accroire, si j'en connois un ou deux qui allassent bien aisément au delà. Si ce mot n'est pas trouvé bon de ceux qui le liront, j'en ai du regret : mais je n'y sçaurois que faire : & ma plume ne s'est pû dispenser de le laisser échaper sur ce papier de l'abondance des pensées du cœur.

L'ACHILEIDE DE STACE.

LIVRE PREMIER.

I.

Propoſition de l'Ouvrage avec l'invocation & le compliment à l'Empereur Domitien.

MUſe, raconte-moy les fortunes guerrieres,
Du magnanime Achile avec ſes armes fieres :
Sa naiſſance terrible au Roy meſme des Dieux,
Qui lance le tonnerre & fait trembler les Cieux.
Bien qu'ailleurs ſa vaillance ait eſté celebrée,
Par la bouche d'Homere en tous lieux admirée,
Il nous reſte pourtant ſur un ſi beau ſujet
Bien des choſes à dire, avec un grand projet.
Nous irons hardiment, ſans craindre qu'on nous fruſtre
Sur les pas aſſeurez de ce Heros illuſtre.
Mon cœur ſe ſent preſſé dans ce deſſein heureux :
Et j'éleve ma voix d'un effort genereux,
Comparable à celuy que fit le Roy d'Itaque,
Pour le faire ſortir par une forte attaque.
De Scyre il ſera donc par nos ſoins retiré,
D'où nous le ferons voir dans la guerre admiré :
On le reconnoiſtra par une fauſſe joye,
Traîner le corps d'Hector autour des murs de Troye.
Admirable Apollon, ſi nous avons tari,
Le ruiſſeau de Permeſſe à ton cœur ſi cheri,
Y beuvant à longs traits, fai couler d'autres ondes,
Pour étancher ma ſoif dans leurs ſources profondes :
Et couronne mon front de ce ſecond laurier,
Puiſque tes bois ſacrez, je ne puis oublier.
Ma Muſe auſſi n'eſt point, de ceux de l'Aonie
Etrangere ſi fort qu'on l'en tienne bannie :
Ny ce n'eſt point encor d'aujourd'huy ſeulement,
Que les bandeaux ſacrez, ont ſerré ſaintement

Ma teste tout autour, mes cheveux & mes temples,
Dont il seroit aisé d'alleguer des exemples.
L'ample champ de Dircé ne le peut ignorer:
Thebes me considere & m'oze comparer,
Mesme à ses Fondateurs, tels que fut ce grand homme
Amphion le premier de ceux qu'elle renomme.
 Mais vous qu'incessamment admire la valeur,
Grand Prince, qui sentez la divine chaleur,
Qui de Grece a passé dans la belle Italie,
Pour chanter les hauts faits où la gloire s'allie,
Par qui l'on voit fleurir à l'envy les Lauriers
Des Poëtes fameux, & des braves guerriers:
(Ie me suis affligé que le bruit des Musettes
Fust quelques-fois moins fort que celuy des trompettes)
A mon esprit timide accordez de parler,
Que dans un nouveau champ, je puisse signaler
Ma peine & ma sueur, pour fournir la carriere,
D'où la gloire s'éleve avecque la poussiere.
Dans un Ouvrage à part pour vous seul destiné,
I'accomplirai mes vœux par un soin obstiné.
Mais ne pouvant encor me fier à mes forces,
Ie n'en ébaucherai que les simples écorces,
Avec le grand Achile, où, suivant mon ardeur,
I'éprouverai mes coups devant vostre grandeur.
Mesme, pour essayer si je seray capable
D'un travail dont le poids, le plus souvent accable.

II.

L'origine de la crainte de Thetis, & ce qu'elle dit sur ce sujet. V. 10.

LE Berger Phrygien venoit de détacher,
Son Navire connu de l'Oebale Rocher,
Apres avoir pressé l'imprudente Amyclée.
Il racontoit à tous, de sa mere troublée
Le songe qu'elle fit, estant grosse de luy,
Quand sa route on marqua par le crime d'autruy,

Hellé qui fut noyée, & qui perit dans l'Onde,
Nereïde aujourd'huy dans la vague profonde,
Y commandoit alors à des flots odieux,
Quand Thetis effroyée obſervant en maints lieux,
Des Rames frapper l'Onde & tenter la fortune,
En dépit du Trident de l'immenſe Neptune.
(Rarement ſont menteurs les augures de ceux,
A qui l'on doit le jour, ſans eſtre pareſſeux)
Sans perdre un ſeul moment, s'approchant de la greve,
De ſon lit ondoyant ſoudain elle ſe leve.
Et ſes ſœurs avec elle, aux coſtes où Phryxus,
Avoit ſerré les bords pour ſes deſſeins conçûs.

La Nymphe ayant levé ſa teſte hors de l'Onde,
Cette flotte, dit-elle, éprouvant l'eau profonde,
Me fait apprehender quelque accident fâcheux:
Ie voy bien que Prothée en a connu les nœuds:
Il me l'avoit bien dit, je le tiens veritable:
Et rarement de luy ſe debite une Fable.
Bellone nous ameine un Vaiſſeau de Priam
Chargé d'une alliance à troubler l'Ocean,
Avecque les flambeaux d'une nopce nouvelle,
Qui, ſans doute, feront une grande querelle.
Ie voy déja l'Egée, & l'Ionique encor,
Couvertes de vaiſſeaux pour un riche treſor.
C'eſt peu de voir la Grece entiere conjurée,
Atrides glorieux, pour vous trop preparée:
Il faut aller chercher mon Achile par mer,
Qui voudroit avec eux ſans doute auſſi ramer.
Helas! pourquoy dés lors qu'il eſtoit dans l'enfance,
L'avions-nous deſtiné, formant ſon eſperance,
Dans les antres profonds du haut Mont Pelion,
Sous un Maiſtre qui ſeul en vaut un milion.
Là, ſi je ne me trompe, avec beaucoup d'adreſſe,
Son exercice eſt fort, & s'exerce ſans ceſſe.
Les Lapithes y ſont, il s'occupe avec eux,
Portant le javelot d'un pere belliqueux.

O regret ! ô douleur ! ô craintes trop tardives
Dans le cœur d'une Mere en ces alternatives !
Que je suis mal-heureuse avec tout mon pouvoir,
De faire enfler les eaux, pour noyer leur espoir :
Les Vaisseaux des Troyens s'exposant sur le gouffre,
Au lieu de les souffrir, comme encor je les souffre !
Ie pouvois un Pirate incestueux jetter,
Et mes sœurs avec moy, dans l'eau précipiter.
Ie pourrois aujourd'huy la mesme chose encore,
Mais le temps d'y penser est passé que j'abhorre.
Toute l'injure est faite, il faut pourtant aller,
Et l'orage évité, s'il se peut, rappeller,
Ie le veux demander à toutes les Puissances,
A qui doivent aussi les mers leurs violences.
Ie baiserai les mains du second Iupiter,
Ce qui me reste à faire afin de m'acquiter :
Ie l'en conjurerai par les longues années,
De la vieille Tethis tousiours si fortunées,
Et par Nerée encor mon Pere si chenu,
A qui ce que je dis sera tousiours connu.

III.

Description de l'appareil de Neptune retournant de chez l'Ocean. Ce que Thetis dit à Neptune, & ce que Neptune luy répond. V. 51.

ELle fit ce discours, & vit à la mesme heure
Le grand Roy de la Mer, qui, l'humide demeure
Quittoit de l'Ocean : (il le fut visiter,
Et ne faisoit encor sinon de le quitter)
Il paroissoit ravi de sa chere admirable,
De son accueil charmant & de sa bonne table :
Son visage estoit moite encor de la boisson
Du Nectar maritime offert par l'Echançon.
On l'avoit répandu : d'où vint que les Tempestes
Cesserent leur courroux au dessus de nos testes :

Tous

Tous les brusques Tritons armez de leurs Cornets,
Chanterent doucement de ravissans motets
Avec les tons de voix des Monstres maritimes,
De tous ceux des Ecueils & des humides cimes.
Les troupeaux de la mer Tyrrheenne y dançoient,
Autour du Roy de l'onde, où mille en l'air sautoient.
Luy, découvrant sa gloire au dessus des eaux calmes,
Les faisoit nettoyer de ses humides palmes.
Il y faisoit courir ses merveilleux chevaux,
Les touchant du trident dont il émeut les eaux:
Ils faisoient boüillonner de leur large poitrine,
Tous les flots écumeux où souffle leur narine:
De leurs pieds de devant, ils partageoient les eaux:
Et de leur grande queuë, ils faisoient des traineaux.
En cet état Thetis ayant trouvé Neptune,
Luy conta sa disgrace, & ce qui l'importune.
Roy, dit-elle, de l'Onde, ô grand Dieu de la Mer:
Voyez à quel usage on met le flot amer.
Les crimes de la terre y vont à pleines voiles,
Depuis que de Iason la Nef, sans les Etoiles,
Partit de Thessalie, allant conquerir l'or
De la riche Toison qui fut un grand tresor.
Voilà les droits choquez de vostre illustre Empire.
Voicy ce qu'on a vû d'un semblable Navire.
Le temeraire Arbitre employé sur Ida,
Sur ses Vaisseaux emporte un vol qui le guida.
Quand l'hospitalité se trouva violée
Par la temerité d'une amour signalée.
Ah! quels soûpirs au Ciel, en la terre & par tout,
Cela doit-il porter de l'un à l'autre bout!
Combien de grands regrets à ma seule personne!
C'est ainsi qu'aux Amis un grand espoir on donne:
Et que les Phrygiens par nos soins prévenus,
Auront si bien payé nos travaux reconnus!
Ne sont-ce pas des tours de Venus Cytherée,
Qui nous reconnoist tant de la plage étherée?

Si l'on conserve au moins quelque respect pour nous,
(Ie ne dis rien icy des demi Dieux recoux.
De nostre cher Thesée échapé du nauffrage,
Que la vague rendit aprés un grand orage)
Abysmez ces Vaisseaux, ou faites que la Mer
Obeïsse en mon nom, la faisant écumer.
Ie ne craindrai plus rien pour mon enfant que j'aime,
Si je puis me servir de la vague dixiéme :
Et ne permettez pas qu'entre tous mes rochers,
Celuy seul d'Ilion soit fatal aux Nochers :
Que je l'occupe seul sur cét ample rivage,
Où je puisse attirer le terrible naufrage.
  Elle prioit ainsi s'arrachant les cheveux :
Et de sa gorge nuë, en suspendant ses vœux,
Elle arrestoit le cours des chevaux maritimes,
Qui d'ailleurs s'élevoient sur les humides cimes.
Le Roy des eaux la fit reposer sur son Char :
Et tout humide encor du celeste Nectar,
Essayant de calmer ses plaintes douloureuses
Ses paroles ainsi parurent gracieuses.

IV.

Discours de Neptune à Thetis. V. 80.

NE me demandez point que je fasse abysmer
La flotte des Troyens dans le fonds de la Mer.
Thetis, à ce dessein, les Destins sont contraires :
Il est prescrit aux Dieux pour de grandes affaires,
De confondre l'Europe & l'Asie en debats,
Les meslent toutes deux dans de sanglans combats.
Iupiter veut la guerre : &, pour longues années,
Aux massacres des gens en maints lieux destinées,
Quel sera vostre fils, signalant son grand cœur!
Par quels exploits fameux, se rendra-t-il vainqueur!
La plaine de Sigée en sera debatuë :
Et toute la Phrygie en sera confonduë.

Quand il fera rougir les campagnes de sang,
Et que les Siens vangez restabliront leur rang;
Quels meurtres fera-t-il? Et de quelle misere
Remplira-t-il les champs, exerçant sa colere?
Aprés qu'il aura mis sous ses pieds la valeur
Du belliqueux Hector tombé par son mal-heur?
De sa main seule encore étonnant les Pergames,
Dont les murs se verront renversez par les flâmes:
Il les ébranlera, puis tout estant détruit,
Plusieurs en parleront avec beaucoup de bruit.
Ne vous plaignez pas trop sur cecy de Pelée,
Ni de vostre alliance en son nom ravallée,
Vous tiendrez vostre rang, comme si Iupiter,
Avoüoit vostre fils pour sa gloire imiter.
Ne craignez point au reste, enfin par la vengeance,
Vous irez au delà de beaucoup d'esperance.
Vsez de tous les flots qui sous nostre pouvoir
Font ce que nous voulons par un juste devoir,
Quand les Grecs reviendront, les roches Capharées,
Feront soudain perir leurs flottes démarées:
Et là, nous chercherons, pour vous vanger aussi,
Ulysse sur les flots, qui fera mon souci.

V.

Thetis peu satisfaite du discours de Neptune, va en Thessalie & visite Chiron. V. 95.

IL parla de la sorte, & Thetis refusée
Ourdit en son dessein une moindre fusée.
Du costé d'Emonie, elle tendit ses bras,
Sentant son cœur serré par un tel embarras,
Des pieds & de la main, elle repoussa l'onde,
Qui sentit par trois fois sa puissance feconde.
De ses plantes alors elle toucha les guez,
Qui dans la Thessalie ont leurs fonds divulguez,
Les Monts de la Province en eurent de la joye:
Pour les antres ainsi l'on applanit la voye,

Où de Pelée on fit les nopces autrefois,
Qu'honorerent les Dieux de presence & de voix.
Là, le fleuve Sperchie avec son abondance,
La Deesse entoura de toute sa puissance:
Elle ne voulut pas pourtant donner sujet,
Que l'on crust sa tristesse ou son ennui secret:
Et s'informant de tout par celle, qui de guide,
La sage pieté luy servoit dans le vuide,
Elle s'en alla droit chez le Vieillard Chiron.
Sa maison élevée au bas de Pelion:
Elle perce le cœur de toute la montagne;
Et Pelion dessus y porte une campagne,
Sur une longue arcade où les coups de marteaux
L'ont cavée en longueur avecque les ciseaux.
On y montre pourtant tousiours de vives marques,
Et du sejour des Dieux & de celuy des Parques.
On y fait voir les lits de leur sacré repos,
Et les lieux honorez de leurs derniers propos.
Mais au dedans aussi, sont les hautes étables,
Du Centaure prudent aux siens peu favorables,
Pour donner le couvert aux Lapithes fascheux,
De qui l'emportement estoit tempestueux.
Là, les darts n'estoient point rougis du sang des hommes,
Ni les vaisseaux rompus, cõme au siecle où nous sommes,
Ni les pavois d'ozier n'avoient point eu d'employ,
Brisez dans le combat pour violer la foy:
Mais les Carquois estoient portez dans l'innocence,
Et les peaux d'animaux pour servir de défence.
C'est enquoy le Centaure, estant jeune exerçoit
Sa premiere jeunesse où son temps se passoit:
Car depuis, quand il eut enfin quitté les armes,
Son travail assidu fut d'essuyer les larmes,
Par les simples connus salutaires aux maux,
Guérissant tout le monde & beaucoup d'Animaux.
Il avoit trouvé l'art d'enseigner son pupile,
A toucher les accords d'une Lyre subtile,

Pour y chanter dessus les beaux faits des Heros.
L'entretenant ainsi d'admirables propos.
Retournant de la chasse, il luy changeoit de robe,
Tout formé par ses soins, sans que rien s'y dérobe;
Il le servoit à table, & le réjoüissoit,
D'un feu doux où le bois odorant s'affaissoit.

VI.

La rencontre de Thetis & de Chiron, & ce qu'ils se dirent l'un à l'autre. V. 121.

D'Abord en descendant la Nereïde Mere,
Ne l'eut pas apperçeu, que Chiron la revere,
La connut tout de mesme, & courut au devant,
Pour luy rendre l'honneur qu'il luy rendoit souvent.
Le Vieillard de ses pieds, dans le champ fit entendre
Quelque bruit surprenant qu'on n'eust osé prétendre.
A la Nymphe divine ayant tendu la main,
D'une façon civile, & d'un air plus qu'humain,
S'estant baissé pour elle, il la mit sur sa croupe:
Et, sans se voir suivi d'une nombreuse troupe,
Il l'emmeine soudain, en son propre logis,
Où la priant d'entrer, elle y vit tout exquis.
Thetis, sans dire mot, parcourut de la vûë
Chaque chose assez viste, à cause que venuë,
Pour un autre sujet, elle eut en peu de temps,
Dessein de luy parler regardant tous ses gens.
Chiron, où gardez-vous en ces lieux le cher gage,
De ce qui fait ma joye, en formant son courage?
Ou d'où vient que mon fils n'est pas auprés de vous?
Peut-il loin de vos yeux trouver quelque emploi doux?
S'il n'est pas endormi son absence m'étonne:
Et je crains bien pour luy les signes qu'on me donne:
Ie veux dire, Chiron, s'il n'estoit pas heureux:
Car pour luy j'apprehende & je voy tout affreux.
Des traits qui me font peur, de funestes espées:
Tantost mes foibles mains sont dans le sang trempées:

Tantoſt d'autre couleur pour me donner des coups,
Dans mon affliction que cauſe un grand courroux;
Tantoſt je penſe voir que des beſtes ſauvages
Me devorent le ſein le long de nos Rivages:
Et ſouvent (ô malheur!) je le penſe porter
Dans les Enfers profonds, où tout doit s'écarter:
Et qu'encor je le plonge en ces ondes fatales,
Que le Styx fait ſentir dans les nuits infernales.
Le Devin de Carpathe a bien eſté d'avis,
Que pour guérir ma crainte au ſujet de mon fils,
De le purifier dans le ſein d'une plage,
De ces lieux éloignez au beſoin de ſon âge,
Où ſont les bords derniers de l'immenſe Ocean,
A l'endroit que Pontus s'échauffe par Titan,
Et par les autres feux, qui vont en la marine,
De qui je tire auſſi ma divine origine,
Où ſe font, je le ſçai, des Sacrifices nuds,
Pour terribles preſens à des Dieux inconnus.
Mais je ſerois trop longue à vous conter ces choſes;
Et puis, pour la pluſpart, il les faut tenir closes.
Il n'eſt donc queſtion que de revoir mon fils,
Et que de voſtre main j'en reçoive le pris.
  Ce fut ce qu'elle dit, ſans marquer la molleſſe,
Que gardoit pour ſon fils l'inquiette Deeſſe,
En habits feminins, indignes de ſon cœur,
Où n'euſt point adheré le docte Precepteur,
Chiron dit, emmenez voſtre fils, ſage mere,
Et fléchiſſez des Dieux la puiſſance ſevere.
Ie n'adjouſterai point la crainte à ſa fierté,
Mais je confeſſerai la pure verité:
Et, comme ſi j'avois l'honneur d'eſtre ſon pere,
I'en dirai mon avis qui ne me trompe guere.
De ſa force avancée avec tant de vigueur,
Que ne puis-je augurer d'aſſez grand pour ſon cœur,
Surpaſſant en ſa taille & ſes jeunes années,
Qui ſeront quelque jour grandement fortunées?

Cy-devant il avoit coûtume d'écouter,
Ce que je luy disois, pour ne pas s'enchanter :
Il enduroit aussi plusieurs de mes menaces,
Il ne s'éloignoit pas de ces premiers espaces :
Mais aujourd'huy, ny l'Osse, ou le froid Pelion,
Ni les neiges que soufle un vent Septentrion,
Qui de la Thessalie entrecoupe la plaine,
Ne sçauroient l'arrester, quand son humeur l'entraîne.
Les Centaures d'icy s'en sont plaints bien souvent,
M'ont dit qu'il enlevoit leurs toicts comme le vent,
Qu'il détournoit aussi leurs troupeaux & leurs bestes,
Et qu'il épouvantoit les plus vaillantes testes.
De là vient qu'on luy dresse avecque tant de soin,
Des ambusches qu'ils font dans leur pressant besoin.
I'ai vû, je m'en souviens, icy le jeune Alcide,
Et Thesée avec luy, l'un & l'autre intrepide.
Quand la nef d'Emathie aborda ce Canton,
Avecque les Heros allant à la Toison.
Mais il n'est pas besoin d'en dire davantage :
Et la comparaison suppose un grand courage.

VII.

Achile qui retourne de la chasse est reconnu & caressé par sa mere, qui l'emmeine avec elle. V. 160.

VNe pasle froideur penetra dans le sein,
De la Mere divine ayant pris son dessein :
En ce mesme moment revint le jeune Achile,
Tout couvert de sueur & de poudre subtile.
Toutesfois d'un bel air, heureux & fortuné,
Estant comme il estoit aux armes adonné.
Vn certain feu vermeil allumoit son visage,
Sur un taint où la neige éclattoit davantage.
Sa chevelure propre avoit le prix de l'or :
Et pour le mieux dépeindre, elle estoit un tresor.
Le premier poil encor n'avoit point sur sa joüe,
Exprimé le duvet où la pudeur se joüe.

Le brillant de ſes yeux allumoit dans les cœurs,
Des flâmes dont l'Amour feroit mille vainqueurs.
De ſa Mere il avoit beaucoup de reſſemblance,
Dans les traits du viſage avec ſa vehemence,
Tel qu'Apollon chaſſeur retournant des foreſts,
Ayant ſa Lyre au dos avec l'arc & les traits.
Il parut ce jour là d'un viſage agreable,
Et moins content auſſi qu'il n'eſtoit admirable,
Bien qu'il fuſt tres-content (& certes ſa beauté
Se trouvoit augmentée avec ſa gayeté)
De l'épée ayant fait le prix d'une conqueſte,
D'une Lionne priſe au deſſous du haut faiſte
Que Pholoé preſente, où la Lionne avoit
Mis bas une portée entiere qu'il tenoit,
L'ayant ſeule laiſſée au fonds de ſa Caverne,
Emportant ſes petits, dont les ongles il diſcerne:
Car il les écartoit : toutesfois dés qu'il vit
Sa Mere ſur le ſeüil, ſans que quelqu'un l'euſt dit:
Il les jetta par terre, & courut de viſteſſe,
Embraſſer promptement l'adorable Deeſſe,
L'égalant à peu prés de ſa taille en hauteur,
Tant ſa belle jeuneſſe avançoit en grandeur.
Et Patrocle à ſa ſuite animoit ſon courage,
Par ſon exemple illuſtre eſtant de pareil âge,
Inégal toutesfois en force & vive ardeur,
Bien qu'il duſt quelque jour, dans un pareil malheur,
Eprouver le Deſtin des divines Pergames,
De qui la cheute encore attendoit d'autres trames.
Auſſi-toſt vers le fleuve avec rapidité,
Achile fit bien voir ſa grande activité,
En prenant un autre air brillant ſur ſon viſage,
Et ſur ſes beaux cheveux qui l'ornoient davantage.
Tel qu'autour de l'Eurote on voit Caſtor pouſſer
Son cheval ſur les guez qu'il oze traverſer,
Et réjoüit au Ciel le flambeau de ſon Aſtre,
Qui luit heureuſement ſans cauſer de deſaſtre.

Le

Le Vieillard l'admirant, se tint auprés de luy:
De sa main le caresse en luy servant d'appuy:
Mais ces plaisirs galands déplurent à sa Mere,
Iettant en son esprit une tristesse amere.
Chiron l'invite à prendre à loisir son repas:
Et les dons de Bacchus qu'on mit entre les plats,
Et, pour n'obmettre rien de ce qui pouvoit plaire,
Et donner de la joye à la divine Mere,
Il prit sa Lyre enfin, dont s'entendent des airs,
Qui pourroient tenir lieu des plus charmans concerts.
Il mit ses tons d'accord, puis de son harmonie,
Son disciple éprouva la douceur infinie.
Il chanta le sujet des exploits des Heros,
Et les hauts faits d'Hercule & ses fameux travaux.
Recita le combat que finit par son geste,
Pollux contre Bebryce assommé de son ceste:
Avec quelle roideur Thesée ouvrit les bras
Au Minotaure fier qu'il foula sous ses pas:
Et discourut aussi de l'alliance chere
Qui fut entre Pelée & sa divine Mere:
Dit comme Pelion fut si fatal aux Dieux.
Icy Thetis soûrit dans tout le serieux,
Que son inquietude avoit mis en son ame:
Mais qui ne parut point pour en craindre du blâme.
La nuit qui vint en suite exigea le sommeil
Le Centaure se couche attendant le réveil.
Achile auprés de luy sur ses épaules douces,
Bien que Thetis presente eust apporté des housses:
Mais il voulut plustost de son cher Gouverneur,
Les bras accoûtumez, qui faisoient son bon-heur.

Fin du 1. livre de l'Achileïde de Stace.

L'ACHILEYDE DE STACE.

LIVRE SECOND.

I.

Thetis pleine de beaucoup d'inquiétudes porte son fils sur les eaux paisibles, avec un vaisseau que luy envoye la grande Tethis attelé de deux Daufins. V. 1.

THetis, qui sans dormir la nuit estoit allée
Sur des rochers battus de la vague sallée,
Avoit dans son esprit des pensers differens,
Pour trouver à l'écart quelques lieux adherans,
Qui peussent seurement conserver la personne
De son fils bien-aimé, dont le destin l'étonne.
Mais la Thrace à son gré, n'avoit rien dans son sein,
Qui pust favoriser son innocent dessein.
La Macedoine aussi luy parut peu sortable,
Pour son peuple si dur tousiours mal-agreable.
Athenes tout de mesmes eut de foibles appas,
Pour aimer trop la gloire, où tendoient tous ses pas.
Elle se défioit, & de Seste & d'Abyde,
A cause des Vaisseaux qui s'y rendent sans guide.
Elle voulut aller où sont en pleine mer,
Les Cyclades qu'on voit si proches écumer :
Mais ayant méprisé Lemnos si rigoureuse,
Pour les hommes tuez sur sa coste odieuse,
De Mycone & Seryphe abhorrant le sejour,
Ainsi que de Delos, où l'on vient chaque jour,
Elle avoit entendu parler de Lycomede,
Et de sa Cour polie où la vanité cede :
Dans une Compagnie, où parmi les Beautez,
Avec l'honnesteté viennent cent nouveautez:
Elle se resolut dans ce lieu de délices
De porter ses desseins & tous ses artifices,

Ayant ordre d'ailleurs de presser Ægeon,
Qui rompoit les durs nœuds qui faisoient sa prison.
Et de compter encor les cent puissantes chaînes
Qui le tenoient captif parmi de grandes gehennes.
La Nereïde ainsi se tourmente en esprit,
Comme un Oiseau pressé qui s'agite & s'aigrit
Pour chercher à s'asseoir quand il est prest à pondre,
Ou qu'il doit commencer son nid qui le fait fondre.
D'un costé tous les vents, il observe avec soin:
Et de l'autre, il regarde à son pressant besoin
Contre les hommes fins tousiours pleins de surprise,
Et contre les Serpents dont la langue s'aiguise.
Enfin l'ombre agreable arreste cét oiseau,
Qui d'un arbre connu choisit certain rameau.

II.

Le Chariot attelé de Daufins dont se sert Thetis pour transporter Achile.
V. 20.

VN autre grand souci mettoit la Nymphe en peine,
Qui, sans déterminer la rendoit incertaine.
Tenant donc embrassé son fils qu'elle emmenoit,
Elle ne sçavoit pas comme elle en useroit.
Si, pour le transporter elle attiroit de l'Onde,
Triton le grand Triton, qui sert la mer profonde,
Ou, si pour ce dessein elle appelloit les vents,
Ou bien Iris qui boit dans les flots décevants:
Enfin, sans tant de choix, elle attira sur l'heure
Deux Daufins attellez dans l'humide demeure
Qui traînerent un Char que la grande Tethis
Eut soin de luy donner d'entre plusieurs petits,
Du fond d'une Vallée où le gouffre Atlantique,
Signale un beau sejour vers la Mer Antartique.
Là, tout est agreable entre les flots cenus,
Qui des Vents orageux ne sont point prévenus:
Ces Daufins merveilleux, les plus beaux que Neptune,
Eust vû dans son Empire au gré de la fortune.

Leur haleine estoit forte & si bonne à nâger,
Qu'elle estoit comparable au vent le moins leger:
Leur inclination aux nostres si semblables,
Qu'en cela mesme on croit qu'elles sont comparables.
La Deesse ordonna qu'ils se tinssent dans l'eau,
Où le rivage est bon pour garder un vaisseau:
Sans toutesfois toucher aux terres raboteuses,
De peur de les blesser par les roches scabreuses.
De l'Emonie enfin elle fit transporter,
Son Achile endormi qui pouvoit tout dompter.
(O quel profond sommeil!) jusques aux eaux paisibles,
Aux rivages connus sur les costes visibles:
Où, pour ne rien gaster, cela se fit sans bruit,
Le silence imposé par tout dans cette nuit.
La Lune qui brilloit d'une lumiere pure,
En montra le chemin dans sa juste mesure.

III.

L'inquietude de Chiron, & la route que Thetis fait tenir à son fils. V. 35.

CHiron suit la Deesse & l'invite au retour,
Ne pouvant pour la mer, quitter son dur sejour,
Il pleure, & de ses mains ses larmes il essuye,
S'éleve sur ses pieds de derriere & s'écrie:
Il regarde de loin ceux qui luy sont ostez,
Se perdant à sa vûë au lointain balottez:
Et la trace du Char avec sa pourpre humide
Disparoist aussi-tost dans la plaine liquide.
De l'absence d'Achile, on peut voir Pholoé,
S'affliger comme au jour du deüil d'Ociroé,
Et comme encore un jour on le verra se plaindre,
Quand Tempé connoistra que son sort est à craindre.
Le Mont Otrys déja ne s'en peut consoler.
Et Sperchie a grand' peine en pourra-t-il couler.
Cependant du Vieillard la Caverne est muette,
Et tout ce qui d'ailleurs luy servoit d'interprete.

Les Faunes affligez desirerent d'oüir
Les Airs dont quelquesfois ils avoient pû joüir:
Ils le pleurerent donc, en perdant l'esperance,
De luy voir au païs prendre quelque alliance.
Déja le jour chassoit les Astres de la nuit:
Et le Soleil qui sort de l'Ocean sans bruit
En tire ses chevaux dégoutant la rosée:
Ainsi que la marine en retombe abusée.
Or la divine Mere ayant, sans Matelots,
Sur la vague salée évité plusieurs flots,
Avoit attaint la rade à Scyre assez connuë:
Quand les Daufins, de l'eau montrent leur teste nuë,
Lors l'Enfant éveillé par la clarté du jour,
S'étonna de l'aspect des choses d'alentour.
Où suis-je donc, dit-il, quelles eaux m'environnent?
Où sont ces arbres hauts qui Pelion couronnent?
Sur ces choses ainsi raisonnant étonné,
De tout ce qu'il regarde, il se croit fasciné,
Et n'est pas asseuré s'il connoistroit sa Mere.
Tant il vit tout broüillé sans sçavoir le Mystere.
Surquoy la Nereïde avec un air humain
Le voyant étonné le touche de sa main,
Et puis elle luy dit d'une voix gracieuse.
Mon fils, si ma fortune eust esté plus heureuse,
Ou qu'elle m'eust donné ce qu'on m'avoit promis,
Ie vous embrasserois peut-estre au Ciel soumis.
Vous seriez élevé dans la plage étherée:
Et le Ciel m'auroit vûë en ma couche admirée.
Ie n'aurois point de peur regardant quelquefois
Les Parques, le Destin & la terreur des Rois:
Mais vostre sang, mon fils, qui vient de vostre Pere,
N'égale pas celuy qui vient de vostre Mere:
Et ce n'est que de là que la mortalité
Ne trouve point d'accez sur vostre qualité.
Sans façon cependant, si j'ose vous le dire,
Les temps d'un grand peril s'empressent de proscrire.

Ces perils sont venus à leur terme attendu.
Cedons à leur fureur sans l'avoir prétendu.
Soumettez à mon sens un peu vostre courage:
Et ne dédaignez pas des habits de vostre âge.
Si le Tirynthien a porté le fuseau:
Si Bacchus a porté la veste & le manteau:
Si mesme Iupiter a porté d'une fille
Des habits ajustez à sa grandeur qui brille:
Si le cœur de Cenée en son sexe ambigu,
Pour son estat changeant ne s'est point abbatu:
Dans peu s'éloignera par une grande grace
La Constellation mauvaise qui menace;
Souffrez, souffrez, mon fils, & vous m'obligerez,
De ne vous haster point quand vous me quitterez:
Aprés cela, si-tost que cette conjoncture
Ne menacera plus d'une si grande injure:
(Car elle doit passer) vous recevrez de moy
L'entiere liberté de prendre un autre employ.
Vous reverrez les bois, la plaine & la montagne,
Où les Centaures vont pour battre la campagne.
Faites-moy ce plaisir, prenez le vestement,
Qui ne gastera rien, vous mettant seurement.
Si, pour l'amour de vous, j'ai souffert que le monde,
Me donnast un mari, qui me tirast de l'Onde:
Si j'ai pû vous armer d'une force aprés tout,
Que le Styx m'a donnée en vous tenant debout:
(Plust à Dieu que ce fust de la personne entiere!
Mais helas! vous tournez vostre teste en arriere:
Ha! que voulez-vous dire avecque ce dédain,
Qui marque dans vos yeux que je vous parle en vain?
De vous polir l'humeur, sans que rien vous affronte
Par cette propreté, prendriez-vous de la honte?
Ne craignez rien, mon fils, on ne le sçaura pas:
Chiron n'en sçaura rien, qui met tout sous vos pas.
De cela je vous jure, & vous m'en pouvez croire,
Par vous-mesme, mon fils, qui serez plein de gloire.

Et par les Mers encor qui sont toutes à vous,
Par leur bonace entiere, & par leur grand courroux.

IV.

Achile refuse de se vestir des habits que sa Mere luy presente avec les plus douces persuasions dont elle se pût aviser. Mais aprés luy avoir obeï, il est enfin épris des feux de la Princesse de Scyre. V. 77.

ELle essayoit ainsi d'adoucir son courage:
Mais ce fut bien en vain, essuyant son visage.
Son pere s'opposoit, aussi bien que Chiron,
A ce qu'elle disoit des rives d'Acheron.
Là, s'opposoit encore une grande esperance,
Que chacun de ces deux avoit de sa vaillance.
Comme feroit quelqu'un qui voudroit s'efforcer
A ranger sous la bride, afin de le dresser
Vn cheval genereux, qui pendant sa jeunesse
Sent des boüillons de force & de grande vitesse,
Sans pouvoir endurer ce qui le peut dompter:
Comme aussi rien d'abord ne le peut surmonter.
Ce cheval égayé venant de la campagne,
N'ayant que sa vigueur pour fidelle compagne,
Ne souffre point de bride, ou mords, ou caveçon,
Et bien moins qu'on luy donne un grand caparaçon,
Se faschant d'obeïr aux regles de son Maistre,
Qui voit ses compagnons reduits dans le chevestre.
  Quel Dieu mit tant d'adresse en l'esprit de Thetis?
Et qui fit tout à coup changer l'esprit du fils?
  Dans Scyre on celebroit alors un jour de Feste
En l'honneur de Minerve où sa gloire l'arreste,
Sur le bord de la Mer qu'ornoit tout à l'entour
Vne troupe admirable ennoblissant ce jour.
Là, des Beautez on vit, filles de Lycomede,
Dans leur honnesteté qui tout autre précede.
Pour la ceremonie elles estoient dehors
Du Palais de leur pere, & s'y tenoient en corps,

Afin que du Printemps la premiere richesse,
Elles peussent offrir aux yeux de la Deesse,
Ennoblissant sa lance avecque les couleurs
Qu'elles pouvoient choisir dans les plus belles fleurs.
Quant aux filles du Roy, toutes paroissoient belles:
Comme en leur propreté toutes estoient fidelles
A ce qu'elles devoient à leur noble splendeur,
Achevant à leur air les jours de la pudeur,
Entrant dans l'âge meur, qui les rendoit capables
D'alliance sortable à leurs beautez aimables.
Le sang de la jeunesse en leur cœur boüillonnoit:
Et certes pour l'Amour tout se passionnoit.
Mais autant que Venus, les Nymphes des prairies
Devance en sa beauté quand elles sont fleuries,
Ou que Diane est belle au gré des beaux Chasseurs,
Autant Deïdamie excelle entre ses sœurs,
Qui pourtant, on peut dire, estoient beaucoup plus belles,
Qu'on ne verroit ailleurs le reste des mortelles.
Sa neige s'allumoit du vermeil de son taint,
Dans la perfection où la beauté se paint:
Ses yeux passoient l'éclat d'un diamant celeste:
Et l'or de ses cheveux accomplissoit le reste.
Et, pour ne rien obmettre, afin de dire tout,
Elle estoit en beauté Minerve estant debout
Quand ses Serpens ostez ne sont plus sur l'Egide,
Qui montre que son cœur, comme elle, est intrepide:
Ou quand, pour adoucir quelquefois ses regards,
Elle quitte l'armet sur ses cheveux éparts.
Le jeune homme ayant vû de loin cette personne,
Qui luy mit dans le cœur certain trait qui l'étonne,
Il ne s'estoit jamais senti de la façon,
Touché des traits d'Amour qui blessent sans soupçon.
Vn nouveau feu d'abord se glissa dans ses veines:
Et son premier amour luy donna bien des peines:
Mais le trait enflammé qui luy perça le cœur
Sur son taint merveilleux exprima son ardeur:

Mit

Mit auſſi dans ſes yeux certain feu qui l'engage,
Répandant la moiteur ſur tout ſon beau viſage.
Les Maſſagettes font ainſi rougir le lait
Avec le ſang pourpré qui s'y meſle à ſouhait:
Ou c'eſt comme l'yvoire avecque l'écarlate
Rougiſſant ſa blancheur, qui par là meſme éclate.
Ainſi ſon nouveau feu qui ſe montre dehors,
S'enflâme en meſme temps, & pâlit ſur ſon corps.
Son inclination s'en alloit à tout rompre,
Dans tout ce qu'on faiſoit, qu'il alloit interrompre.
Sans s'embarraſſer trop de gens de ce païs,
Qui celebroient un jour de Peuples envahis:
Et ſans penſer encore à ſa grande jeuneſſe,
S'il n'euſt eu le reſpect de ſa Mere Deeſſe.
Comme un jeune Taureau qui n'a pas accompli
Le temps que ſa vigueur met à ſa corne un pli:
Quand il voit dans un pré quelque belle Genice,
Il prend à ſon ſujet un amoureux caprice:
Et ſon amour naiſſant le fait preſque écumer,
Bondiſſant malgré luy, parce qu'il veut aimer.

V.

Thetis fait reſoudre ſon fils à ſouffrir qu'elle luy donne l'habit d'une fille. V. 120.

LA Mere avoit ourdi cette trame ſi fine:
Et, prenant à propos l'invention divine,
Mon enfant, luy dit-elle, auriez-vous tant de mal
A prendre cét habit pour ce jour ferial?
Pour aider cette troupe à ſon devot office,
Où, vous pourriez pretter vos mains au ſacrifice?
Qu'avez-vous de ſemblable autour de Pelion,
Et ſur l'Oſſe blanchi par le Septentrion?
O s'il m'eſtoit permis d'allumer en voſtre ame
Pour un ſi beau ſujet quelque ſecrette flâme!
Il ſe trouve flatté d'un ſi tendre diſcours:
Il en rougit de joye, effet qui prend ſon cours.

Toutefois il détourne avec ſa mine altiere,
De ſa main les habits, qui ne le touchent guiere.
Mais ſa Mere aprés tout, qui le voit balancer,
Le faiſant obeïr le fait acquieſcer.
Sur ſon dos elle met une veſte flottante:
Qui de chaque coſté tient la manche pendante:
Elle pare ſa gorge, & peigne ſes cheveux,
Qu'elle boucle & cordonne avec de riches nœuds:
Ses doigts ſont enrichis de bagues précieuſes:
Et ſes pieds ſont couverts de choſes curieuſes.
Elle luy montre auſſi les façons de marcher,
Et d'agir comme il faut ſans rien éfaroucher.
Comme la cire mole empruntant cent figures,
Qui d'une artiſte main tirent leurs portraitures.
Telle eſtoit la Deeſſe exprimant en ſon fils
Autant de changemens qu'elle s'eſtoit promis:
Et, ſans mentir, Achile en valeur invincible,
Avoit une beauté qu'on peut dire indicible:
Et ſon ſexe ambigu trompoit également
Tous ceux qui le voyoient dans un air ſi charmant.
Il le tenoit caché ſous cet habit étrange,
Qui des autres pourroit meriter la loüange.

VI.

Comme ils abordent Lycomede, & comme ils ſont receus dans le Palais. V. 141.

ILs avancerent donc en cet eſtat nouveau,
Thetis eſtant ſa guide & ſon brillant flambeau:
Elle luy preſcrivoit toute la bienſeance,
Qui ſe doit obſerver quand on vient en préſence.
Mon fils, dit-elle encore, il faut ainſi marcher:
C'eſt ainſi qu'il faudra quelque choſe toucher.
Compoſez en parlant ainſi voſtre langage:
Et, d'une fille ainſi joüez le perſonage,
De peur que ſi le Roy ſe défioit de vous,
Il vous éloigneroit d'où regne un eſprit doux:

Et que l'invention que nous avons trouvée
Ne vous fust inutile, estant mal éprouvée.
En parlant de la sorte elle ne cessoit point
De peigner ses cheveux où l'ornement est joint.
Ainsi quand de sa trousse Hecate s'est lassée,
Retournant de la chasse à l'écart délaissée,
Pour aller à son pere, où son frere, elle attend,
Que sa Mere accompagne en son lustre éclatant,
Elle couvre ses bras & ses épaules nuës :
Et quittant le Carquois & ses fléches connuës,
Equipage incommode au dessein qu'elle a pris,
Pour parestre plus belle à charmer les Esprits,
Elle reprend soudain le vestement qui s'offre,
Et les riches joyaux tirez du fond du coffre.
Ajustant en allant ses beaux cheveux éparts,
Le priant d'adoucir tant soit peu ses regards :
Le Roy tout aussi-tost Lycomede elle aborde,
Où dans ce compliment l'artifice s'accorde.
Seigneur, je vous ameine, & vous le voyez bien,
La sœur de mon Achile, & ne déguise rien.
Elle a bien de son air : & certes son visage
Marque assez que son cœur a le mesme courage.
Ie croy qu'elle auroit pris les armes comme luy,
Ainsi qu'une Amazone effet de mon ennuy :
Mais il n'est que trop grand au sujet de son frere,
Pour qui je m'inquiette & je me desespere.
Que celle cy s'applique à porter les panniers
De la chaste Minerve où sont ses soins derniers.
Que vostre authorité la rende enfin si souple,
Que son obeïssance à son devoir l'accouple :
Et conservez l'honneur que je dois esperer,
Qu'un âge un peu plus meur la fera desirer.
Ne luy permettez pas les Ieux de la Palestre,
Il y faut trop de corps & trop d'humeur terrestre.
Le plaisir de la Chasse, est pour elle trop fort :
Il ne m'agréroit pas, & vous luy feriez tort.

Tenez-là resserrée entre filles comme elle,
Qui se plaisent aux Ieux qui se font sans querelle.
Mais sur tout je vous prie, & vous m'obligerez,
De l'empescher d'aller sur les ports égarez.
Le hazard en ces lieux est tousiours bien à craindre,
Et jugez si j'aurois grand sujet de m'en plaindre.
Vous avez depuis peu connu la trahison
Des Vaisseaux Phrygiens, broüillant une maison.
Ce que d'autres Vaisseaux passant à la traverse,
Ne vous ont pas celé dans leur course diverse.
Lycomede adjoûta creance à ce discours,
Le jeune Achile il prit sans façon ny détours,
Déguisé qu'il estoit sous l'habit, dont sa Mere
Le fit ainsi passer pour la sœur de son frere.
(Qui pourroit resister aux surprises des Dieux ?)
Rien peut-il estre aussi plus artificieux ?
Luy rendant ses respects sans force & sans contrainte,
Il la remercia de l'avoir pris sans crainte :
Que son choix l'obligeoit, & qu'il auroit les yeux
Pour garder avec soin ce dépost précieux.
Avec ravissement, les filles vertueuses,
D'un visage si beau se montroient amoureuses.
Toutes en cela mesme à l'admiration,
Ioignirent le desir & leur affection.
En sa taille il passoit les autres de la teste,
Qui, le voyant le prix d'une grande Conqueste,
L'inviterent bien-tost à celebrer les Ieux
De la chaste Deesse au festin somptueux.
A la dance & par tout voyant sa bonne grace,
Elles cedoient le pas & la premiere place.
Les Colombes ainsi qu'on dédie à Venus,
Quand on les voit voler pour des bruits survenus,
S'estant long-temps ensemble & dans l'air soutenuës,
Venant au Coulombier en descendant des nuës,
Si quelqu'autre Colombe étrangere approchoit,
Toutes l'admireroient si l'abord l'empeschoit.

Puis volant à l'entour, prennent ſa compagnie,
Elles font voir aſſez leur amoureux genie.
Avant que de partir Thetis dit à ſon fils,
Qu'il euſt à bien garder tous ſes ſages avis.
Lors elle fit des vœux pour ſon cœur intrepide.
Aprés l'adieu, la Mer receut la Nereïde.
Si-toſt qu'elle s'y fut plongée, elle tourna
Vers la coſte ſa voix, dont le bord s'étonna.
Chere terre, ſois-moy dans ma ruſe timide
Favorable au deſſein qui m'a ſervi de guide.
Chez toy, j'ai confié ſous la douceur des Dieux
De mon plus tendre amour le gage précieux :
Mais je te prie auſſi d'en garder le ſilence,
Et de ne fruſtrer pas ma grande confiance,
Comme la Crete, fit l'ayant recommandé,
Quand la divine Rhée en vit le procedé.
Ie te reſerve ainſi certaine recompenſe
Qui durera long-temps, & fera ta creance.
Des Temples éternels te ceindront tout autour :
Et Delos inconſtante aura bien moins de jour.
Mais eſtant conſacrée entre mille Cyclades,
Par les Vents & les bancs qui diſtinguent les Rades,
Où les flots de l'Egée entrechoquent les bords,
Tu ſeras là paiſible entre tous les abords.
Aux Nochers vagabonds une Iſle venerable,
Si tu ne reçois point la Grece abominable.
Ne luy parle jamais que de dance & de Ieux :
Ne luy di rien qui tende aux alarmes des feux.
Appren-luy que par tout où ſa gloire eſt ſemée
L'Univers n'eſt charmé que de ſa renommée,
Tandis que l'armement des Grecs étonnera
L'une & l'autre partie où Mars ſe jettera,
Ie ne m'oppoſe point à ce mal ſans remede,
Pourvû que mon Achile aime aſſez Lycomede.

Fin du ſecond Livre de l'Achileïde.

L'ACHILEYDE DE STACE.

LIVRE TROISIESME.

I.

La douleur d'une offence receuë fait armer les Grecs contre les Phrygiens ; & le dénombrement des Peuples. V. 1.

L'Europe cependant desirant se vanger,
Vouloit à son dessein chaque chose ranger,
Par l'ardente fureur des armes suscitées,
Sur les plaintes des Rois en son cœur excitées ;
Des Atrides l'aisné d'entr'eux tous y pensoit,
D'autant plus que sa femme ardemment l'y poussoit,
Au sujet de sa sœur sans combat enlevée,
Personne d'origine & de race élevée,
Puis qu'elle estoit celeste avec tant de beauté,
Que Sparte s'étonna de cette nouveauté.
Tel fut donc le sujet qui rompit l'alliance
Et les traitez de paix, dans la condescendance.
Dont le ressentiment entre deux Nations,
Fit allumer les feux de tant d'émotions.
Qui pourroit contenir les Peuples & les Princes,
Quand il s'agit des Dieux & des Loix de Provinces ?
Plusieurs donc assemblez on vit sur ce sujet,
Non seulement de l'Isthme où se fit le projet,
Où des bords sablonneux des costes de Malée ;
Mais encore de ceux qui sont dans la Valée,
Du costé du Bosphore aux bords de l'Hellespont,
Qui separent l'Europe & l'Asie en son fond.
Tout le monde est ému, comme dans la tempeste,
Quand on veut surmonter la fureur qui s'appreste.
La passion s'eschauffe & donne en mesme temps,
Sujet de s'émouvoir à plusieurs m'écontens.

Temese use à propos de l'airain de ses mines;
L'Eubée en ses vaisseaux occupe ses machines :
Mycenes en maints lieux fait retentir son fer,
Et Pise fait sortir ses Chars pour triomfer.
Nemée offre les dos de ses bestes farouches :
De ses traits aiguisez Cyrrhe emplit ses Cartouches.
Lerne ses boucliers couvre de cuirs de bœuf,
Acarnane les veut tripler jusques à neuf.
Argos & l'Etholie ont des troupes de guerre :
Et, comme en Arcadie, elles couvrent la terre.
L'Epyre fait marcher ses gens-d'armes aux champs;
Et ses Chevaux-legers ont des Sabres tranchans.
Les bois de la Phocide & ceux de l'Aonie,
S'éclaircissent beaucoup pour les traits qu'on manie.
Pyle & Messane font des Crocs pour ébranler
Les plus solides forts qu'on veut démanteler.
Chaque terroir y porte avec son abondance,
Ce qu'il a de plus propre à faire son avance.
Les armes on descend de dessus les posteaux :
On fait fondre des Dieux les grands materiaux :
Et de l'or qu'on a pris dans les augustes Temples,
Mars fait ses magazins, par de rares exemples.
Les ombrages des bois s'éclaircissent par tout :
Et bien peu sont restez qui demeurent debout.
Otrys n'est plus si haut qu'il avoit de coustume,
Sur ses soumets Tayette en débats se consume.
Les Monts sont dépoüillez ainsi de leurs Forets,
Où l'on ne porte plus de toiles ny de rets.
On voit déja flotter les arbres sur les Ondes :
Et l'on fait des vaisseaux pour les vagues profondes.
Par tout le fer se trouve à des desseins divers,
Tantost pour le plier dans l'usage des mers,
Afin de l'appliquer pour ligamens des proües,
Et tantost pour armer des bastons & des rouës,
Ou pour mettre des mords aux bouches des chevaux,
Ou pour des halecrets avecque leurs fermaux.

Ou pour faire des dards & des lames d'épées,
Qui s'imbibent de sang dans les chairs découpées,
Ou souffrent le poison, pour tuer promptement,
Ou qui les durs cailloux enfoncent lentement,
Quand on les veut émoudre avec des grais humides,
A force d'y passer tant de lames arides.
On n'avoit pas encore une seule façon,
De bander les grands Arcs, pour en faire leçon;
Ou de brûler des pieux, ou de pousser des bombes,
Ou de faire voler les plumes des Colombes,
Ou de crester l'armet sous des panaches droits,
De plumages d'oiseaux pris de divers endroits.
Mais dans ces mouvemens la seule Thessalie,
Plaignoit fort la paresse où le repos se lie,
Accusant son destin, & voyant son mal-heur,
Dans les jours de Pelée, & dans un jeune cœur.
Car Achile son fils, à peine hors d'enfance,
Pouvoit-il signaler aux combats sa vaillance.

II.

Les guerriers font le serment sur le port d'Aulide. V. 45.

DEja l'on avoit mis des gens sur les Vaisseaux.
On se demenoit fort pour voguer sur les eaux.
La rade se voyoit couverte de Galeres,
Où toutes émouvoient mille vagues ameres,
Et faisoient élever étrangement les flots;
Qui donnoient de la joye à tous les matelots.
Et, sans mentir, la mer, ne pouvoit y suffire,
Non plus que chaque vent à chaque grand navire.
Aulide qu'on disoit sous la protection,
De la Deesse Hecate en son élection,
Fut la place choisie à l'abri de ses Roches,
Où les Navires Grecs se trouverent si proches.
Cette coste si chere à la Divinité
Qui frequente les bois dans son agilité:

Et là, tout proche aussi Capharée est altiere,
S'élevant de la Mer défiant la lumiere:
De sa teste abboyant contre tous ses soûtiens,
Comme abboyroit peut-estre une meute de chiens.
Ce dangereux écueil appercevant la flotte,
Retentit par trois fois d'une profonde grotte
Par le bruit que ses flots firent à ses Rochers,
Donnant certain présage aux malheureux Nochers.
Là, fut le rendez-vous que prit toute l'armée,
Dont l'Asie aussi-tost, dit-on, fut alarmée.
La Grece en sa reveuë un an mit tout entier
Où ses gens reünis receurent leur cartier,
Reconnoissant un Chef absolu sur les troupes,
Qui se fit obeïr des Nefs & des Chaloupes.
Vne enceinte que font les Chasseurs avisez,
Enferme en divers lieux les animaux rusez,
Et les resserre en suite autour de leurs tannieres,
Dans la proportion des toiles forestieres,
Lors que les grands filets se sont entrecoupez,
Ou que rien ne fait voir qu'ils sont trop occupez:
Ces Bestes par la peur quittent les lieux sauvages
Et s'étonnent de voir retressir leurs pascages,
Iusques à ce qu'enfin elles vont retomber,
Dans un Valon étroit qui les fait succomber.
Les Bestes à leur tour s'addoucissent ensemble,
Ayant apprivoisé la peur qui les assemble.
Le Sanglier herissé se trouve auprés de l'Ours,
Le Loup en est tout proche en cherchant des détours,
La Bische en ce lieu-là neglige la colere
Du Lion furieux qui n'est plus si severe.
Mais cette guerre enfin qui touche l'interest,
Des Atrides faschez au sujet tel qu'il est,
Employant pour cela des forces étonnantes
Au grand fils de Tydée, elles sont éclatantes,
Comme au brave Stenelle elles vont au dessus,
Des exploits de son pere, en ses desseins conçus.

Qu'Antiloque à l'égard de ses jeunes années
Ne les regarde point d'ailleurs infortunées :
Mais qu'Ajax s'y produise avecque son bouclier,
Qui de sept cuirs de bœuf se couvre tout entier,
Et que l'adroit Vlysse, avec sa vigilance,
Le conteste à tout autre en valeur & prudence :
Toutesfois à l'armée Achile on voit manquer.
Qu'on souhaite ardemment, pour ne s'en pas mocquer.
Tandis qu'il est absent, sa force est inutile,
Et tout le monde aspire à posseder Achile.
Cet Achile le seul qui se puisse opposer,
A la valeur d'Hector, digne de tout ozer,
C'est de luy, comme on dit, que la force est fatale,
A l'Empire Troyen, que nul autre n'égale :
Car, quel autre qu'Achile élevé dans le fonds
Où de la Thessalie on voit des lieux profonds,
Qui retiennent long-temps la neige en consistance,
Où ce jeune Heros se traînoit dés l'enfance ?
De qui seroit-ce encor qu'un Centaure a conduit,
La jeunesse assez prés du lieu qui la produit ?
De quel autre que luy, la belle Nereïde
A-t'elle dans le Styx mis le corps intrepide ?
Les Phalanges des Grecs rapportoient dans le Camp
Toutes ces choses-là dont l'on faisoit le plan.
A sa haute valeur, tous les Chefs, sans contrainte,
Et sans regret aucun adhererent sans fainte,
Ainsi lors que les Dieux furent épouvantez
Dans la journée où Phlegre avoit leurs cœurs tentez,
Et que Mars tout émû, de sa lance d'Odryse,
Qui Pallas excitoit contre cette surprise,
Et que le Delien courboit avec effort,
Son grand dard de sa main qu'il empoigna d'abord,
La Nature étonnée, & de l'effroy saisie
Arresta seulement ses yeux sans jalousie,
Sur le Dieu, qui du Ciel lance icy bas ses feux,
Quand il fit assembler les vents impetueux

Qui portent avec eux les terribles tempestes,
Et les foudres aussi qui grondent sur nos testes,
Que fabrique tousiours le flamboyant Etna,
Dont l'Univers ému tout le monde étonna.

III.

Les Princes sont dans l'impatience de partir, & Protesilas en fait ses plaintes & des reproches à Calcas. V. 95.

LEs Princes regardant autour d'eux les Cohortes,
Pour former aux combats des entreprises fortes,
Et commencer la guerre en prenant bien leur temps
De leurs vaisseaux guerriers furent assez contens.
Protesilas hardi, montrant beaucoup d'audace,
En menaçant Calcas, sans craindre sa disgrace,
(Car son impatience auguroit son mal-heur
Qui devoit le premier perir par sa valeur.)
Fils de Testor, dit-il, faisant tant de miracles
Vous vous souvenez peu, sans doute, des Oracles
Que vous avez reçus des ordres d'Apollon,
De ses divins Trepieds & de son sacré nom,
Quand rendrez-vous jamais des réponses divines,
Plus à propos & mieux qu'aujourd'huy, sans ces mines?
Ou quand nous direz-vous les secrets du destin?
Pourquoy tant de mystere, ou ce silence fin?
Ne voyez-vous pas bien comme chacun admire,
Vn inconnu caché que son besoin desire?
Le petit-fils d'Eaque est demandé de tous.
Si vous le connoissez, que ne le dites-vous?
Avec les deux Ajax, le vaillant Diomede;
Et nous perdons le temps sans y voir de remede.
Mais, si vous le voulez, Mars le Dieu des combats,
Et toute la Phrygie enlevée à nos bras
Eprouveront bien-tost quel est vostre courage.
Il est certes honteux, sans parler davantage
Que tant d'illustres chefs ne soient pas écoutez,
Et que pour ce guerrier nos vœux soient rejettez.

Tout le monde l'estime, & chacun le regarde,
Ainsi qu'un demi-Dieu, pour qui tout se hasarde.
Dites-nous promptement (pourquoy porteriez-vous
Tant de marques d'honneur que vous avez sur nous,
Pour garder si long-temps en sujet d'importance,
Quand il faudroit parler, un si profond silence?)
En quel païs est-il jusques icy caché?
Où l'irons-nous chercher aprés l'avoir cherché?
Car c'est le bruit commun qu'il est sorti de l'antre
De Chiron qui se tient abysmé dans son centre.
Chez son pere Pelée, il n'est point demeuré:
Ne languissons-donc plus dans ce lieu separé:
Et pour nous expliquer l'ordre des destinées,
Quelles testes seront de gloire couronnées?
I'en aurai de la joye, & beaucoup de plaisir:
Ou prenez nostre armet, si c'est vostre desir:
Ou s'il est indécent aux atours d'un Prophete,
Mal-propre aux differens dont il est interprete,
Ayez seul le bon-heur que n'ont pû rencontrer,
Tant d'illustres guerriers pour y pouvoir entrer:
Si vous pouvez aux Grecs augurer de vous-mesme,
Qu'ils obtiendront Achile avec tout ce qu'il aime.

IV.

Calcas rempli du Dieu qui le fait prophetiser, represente en quelque sorte le lieu qui retient Achile renfermé. V. 118.

LE fils de Testor tourne en tous lieux ses regards
D'un mouvement timide, & voit de toutes parts:
Montre par la pâleur qui luy vient au visage,
Que le Dieu sur son cœur prenoit tout l'avantage.
Puis, d'un œil allumé, sans voir ses Compagnons,
Ni le Camp, ny le bois, ny tant d'illustres noms:
Mais parlant tout à coup, l'usage de la vûë,
Comme tout hors de soy d'une sorte imprevûë,
Tantost il voit au Ciel une foule de Dieux,
Tantost il parle en l'air aux Oiseaux gracieux,

Qui diſent en leurs voix les grandes avantures,
Ou qui ſçavent beaucoup dans les choſes futures.
Il ſemble auſſi qu'il parle aux terribles fuſeaux,
Des Parques que l'on ſçait étaindre les flambeaux.
Et, tantoſt dans l'eſtat troublé qui le tourmente,
Il fait fumer l'encens ſur l'Autel qu'on préſente :
Réveille les ſommets des flâmes & des feux,
D'une obſcurité ſainte en ſe couvrant contre eux.
Ses cheveux ſe meſlant ſe dreſſent d'une ſorte,
Que de ſes ſaints atours à peine aucun s'y porte.
Sa teſte n'eſt point ferme & ſes pas inconſtans,
Marquent aſſez ſon trouble enviſageant les temps.
Enfin en ſoupirant, il ouvre ainſi ſa bouche,
Faiſant aſſez ſentir la fureur qui le touche.

Nereïde, le Prince élevé par Chiron,
Où l'avez-vous mené diſſimulant ſon nom ?
Rendez-nous ce Heros : des ruſes feminines,
Ne ſont pas à propos pour des armes divines.
Pourquoy nous l'oſtez-vous ? Qui le pourroit ſouffrir ?
Quoy ! voulez-vous ſans luy voir la Grece perir ?
C'eſt vous, Deeſſe illuſtre, à qui la mer profonde
Obeït, & vous tient la Deeſſe de l'Onde.
Et vous également, Apollon, Dieu des Vers,
Qui me faites aller en des Climats divers,
Où voulez-vous cacher le Vainqueur de l'Aſie ?
Pour luy, quelle demeure avez-vous donc choiſie ?
Ie vois une perſonne avec étonnement
Dans une Iſle des Mers plus captif qu'autrement,
Se dérobant touſiours pour chercher le Rivage,
Et voudroit bien ſortir d'un ennuyeux ſervage.
Ah ! nous ſommes perdus ! Lycomede y conſent,
Quelle étrange diſgrace ! ô crime ! quel accent ?
Ie voy pareſtre icy des étoffes pliſſées,
Des habits façonnez & des veſtes liſſées.
Toutes ces choſes-là, déchire inceſſamment :
Déchire-les, mon fils, avec empreſſement,

Ou, ſans ajoûter foy ſur tout ce que ta Mere
Dans ſa timidité t'a conſeillé de faire.
Ah! mal-heur! il s'en va: mais qui vois-je de loin?
Vne jeune Beauté qui l'engage avec ſoin.
Ici demeura court l'honorable Prophete,
Chancelant ſur ſes pas ſans beſoin d'Interprete.
Sa fougue eſtant paſſée au gré des Immortels,
Il tombe tout tremblant au pied des ſaints Autels.

V.

Diomede invite Vlyſſe à faire avec luy l'entrepriſe de la recherche d'Achile.
V. 142.

LE Prince incontinent de Calydon attaque
Sur ce ſujet penſif ainſi celuy d'Itaque.
Cette entrepriſe icy, vous regarde, dit-il,
Car ſi vous le voulez par voſtre eſprit ſubtil,
Comme par voſtre cœur, & par voſtre genie,
Ie vous tiendrai par tout fidelle compagnie.
Indubitablement en quelque lieu qu'il ſoit,
Vous l'aurez ſous la main, ou mon ſens me déçoit,
Bien que Thetis vouluſt le cacher ſous les ondes,
Ou que Nerée ouvriſt pour luy ſes Mers profondes.
Employez tous vos ſoins & voſtre grand ſçavoir,
Voſtre art pourra ſuffire à nous faire tout voir.
Quel Prophete verroit plus loin les avantures,
Que vous les regardez dans les choſes futures?
Et plus aſſeurément dans ce qu'on peut douter
De ce qui pourra vaincre ou pourra ſurmonter.
Ulyſſe réjoüi du ſens de Diomede,
Luy repartit ainſi. Que le Dieu qui nous aide
Et qui peut tout encor, nous prette ſa faveur,
Et la Vierge Deeſſe avecque ſon grand cœur,
Amie à voſtre Pere & touſiours favorable,
Nous donne auſſi ſa voix & ſon œil deſirable.

Mais dans l'impatience, où je ſuis, j'ai regret
Que le temps nous échape à vaincre ce ſecret:
A la verité c'eſt une grande entrepriſe,
D'amener dans le Camp Achile par ſurpriſe.
Que ſi nous n'avons pas pour nous les hauts Deſtins,
Que n'entreprendront point contre nous les Mutins?
Ie ne veux pas pourtant negliger la penſée
Des Grecs ſur ce ſujet, peut eſtre aſſez ſenſée.
Quoy qu'il en ſoit, je veux y faire mon devoir,
Sans y rien negliger qui ſoit de mon pouvoir.
Ie ne croy pas auſſi que jamais ſe defende,
De venir avec nous celuy que l'on demande,
Le grand fils de Pelée (& je n'en doute pas)
Pour un ſi haut deſſein, devancera nos pas.
Ou ſa gloire, à mon ſens, auroit eſté cachée
A l'eſprit de Calcas, par Apollon touchée.
On entendit de tous les acclamations,
Encouragez du Roy pour ſes prétentions.
Agamemnon ainſi leurs bons deſſeins augmente,
Par l'exhortation qu'il fit dans cette attente.
L'aſſemblée on ſepare, & les troupes s'en vont,
Faiſant un gai concert comme les Oiſeaux font,
Quand retournant au ſoir, ils quittent la paſture:
Ou, comme dans Hyblée, on oit le doux murmure
Des Eſſains merveilleux qui ſont chargez du miel
Qu'ils emportent chez eux comme un preſent du Ciel.
Le delai fut bien court, & le Prince d'Itaque,
Mettant la voile au vent monte ſur ſa Carraque.
On ne demande plus que l'heure de partir,
Où la jeuneſſe gaye a voulu conſentir.
On s'aſſiet ſur les bancs, la main touche la rame:
Et, de ſes coups frequents, la marine s'entame.

VI.

Achile s'estant fait connoistre ce qu'il estoit à la Belle Deïdamie, il en sortit depuis un fils appellé Pyrrhus. V. 164.

DE toutes les Beautez que Lycomede avoit,
Deïdamie acquise à celuy qui l'aimoit,
Eut du jeune Heros l'entiere connoissance.
Sous l'habit d'une fille, elle eut sa joüissance.
En ce rencontre Achile accomplit son devoir:
La Belle vers ses sœurs fit valoir son pouvoir.
Il élut celle-cy pour sa chere compagne,
Mais des autres pourtant tout le chœur l'accompagne.
Des pieges aussi-tost à cette Belle il tend:
Et sans rien negliger toute chose il prétend.
Il la poursuit de prés; non pas sans artifice,
Faisant assez sentir son amoureux caprice.
Auprés d'elle tantost estant trop assidu,
Elle en estoit ravie & loüoit sa vertu.
Tantost il luy donnoit diverses gentillesses,
De fleurs & de bouquets, qui plaisent aux Maistresses:
Ramassoit ses panniers laissez tomber exprés,
Pour les lever luy-mesme ou tenir de plus prés.
D'un Thyrse qu'il avoit à la main, par caresse,
Il frappoit sur ses doigts réveillant sa paresse,
Et, de sa Lyre encore, il montroit quelquefois
Des accords merveilleux qu'il joignoit à la voix.
Il disoit des chansons apprises du Centaure,
Sur le sujet d'Hersé malgré la dure Aglaure.
Il conduisoit sa main sur les cordes du Luth,
L'enseignant doucement pour venir à son but.
Vouloit-elle chanter? il approchoit sa joüe,
Tout auprés de la sienne, & disoit, je me joüe.
Elle n'aimoit rien tant que de l'oüir parler,
De ce jeune Heros qu'on ne peut égaler.
Il est vray, je l'admire, & sa force marine,
Disoit-elle, est charmante autant qu'elle est divine.

Puis

Puis l'entendant nommer, tant de perfection,
Luy mettoient en l'esprit ses belles actions.
Elle luy montroit l'art de parestre modeste,
Et de la bienseance en retroussant sa Veste,
Comme la laine encor se devoit adoucir,
Avec le poulce adroit, quand il faut l'éclaircir,
Elle racommodoit ses fuseaux, ses quenoüilles
Moins propres pour ses mains que de nobles dépoüilles:
Luy designoit le ton qu'il devoit observer,
Les fardeaux seulement qu'il devoit éprouver:
Mais elle estoit ravie observant ses tendresses,
D'estre seule à joüir de ses douces caresses.
Quelquefois luy voulant découvrir ses desirs,
Elle s'en défendoit parlant d'autres plaisirs.
Ainsi le jeune Roy de l'Olympe sublime,
Sous le pouvoir de Rhée, à sa sœur magnanime,
Donnoit sans y penser des baisers dangereux,
Parce qu'à le bien prendre, ils estoient amoureux,
Sans qu'elle s'en doutast, quand il n'estoit que frere,
Iusques à ce qu'enfin s'accomplit le mystere.
La Nereïde en vain dans sa timidité,
Eut beaucoup d'artifice & peu d'utilité.

VII.

Solemnité des Festes de Bacchus dans l'Isle de Scyre. V. 195.

DAns un bocage antique où se faisoient des Festes,
Pour la solemnité de toutes les Conquestes
Du sublime Bacchus petit fils d'Agenor,
Les Arbres estoient tels qu'ils touchoient presque l'or
Des Astres élevez, où les Dames pieuses,
Avoient accoustumé de se rendre soigneuses,
Pour celebrer à l'ombre avec commodité,
Tout ce qui concernoit cette solemnité.
D'y tuer le bestail, & de le mettre en pieces,
Filles, Sœurs, Meres, Brus, Femmes, Tantes & Niepces:

Et d'y porter entiers les arbres arrachez,
Et de rendre à ce Dieu les devoirs recherchez.
Vne loy n'admettoit dans la Ceremonie
Que des filles ſuivant un paiſible genie.
Et de cela, le Roy renouvella l'Edit:
Mais, pour le conſerver, le beſoin s'y rendit,
Vne ſage Preſtreſſe à l'Ordre venerable,
De la Divinité rendoit la Loy durable.
Elle gardoit la porte, où nul dans le lieu ſaint
Ne pouvoit eſtre admis qu'avecque l'habit ceint,
De peur qu'un éveillé ne ſe gliſſaſt au Temple,
Qui d'un eſprit trop gai portaſt mauvais exemple:
Dont Achile tout bas en ſoi-meſme ſourit,
Et n'en fit pas ſemblant: mais la Belle en rougit.
Ses Compagnes en tout l'admirant ſans ſcandale,
Le virent conduiſant leur troupe Virginale.
Sa grace paroiſſoit ſous les beaux veſtemens
Qu'il avoit de ſa Mere avec leurs ornemens.
Si bien que l'on pût dire, & que Deïdamie,
N'eſtoit plus la plus belle en *Phiſionomie*:
Et qu'elle eſtoit autant ſurpaſſée en beauté,
Qu'elle paſſoit ſes ſœurs en luſtre & Majeſté.
Mais quand il eut oſté du deſſous de ſa treſſe,
La peau de Daim qui ſert à la ſainte Preſtreſſe,
Et que le verd lierre eut ſerré tout autour
Le veſtement flottant, ſelon la loy du jour:
Qu'il eut ſes beaux cheveux, où la ſplendeur éclate,
Reſſerré de rubans, de pourpre & d'écarlate,
Et que d'un bras robuſte, il eut lancé le dart,
On le ſuivit par tout, comme on ſuit l'Etendart.
Ainſi Bacchus tournant ſa teſte & ſa penſée
Vers Thebes qu'il cherit pour ſa gloire offenſée:
Et qu'il a pris beaucoup de ſa douce liqueur,
Il abbaiſſe ſa Mître, & ſe groſſit le cœur,
Il s'arme de ſon Thyrſe, où, ſans laiſſer d'écorce,
Iuſques dans l'Inde il va faire ſentir ſa force.

VIII.

Impatience d'Achile pour sortir de l'estat où il estoit sous l'habit d'une fille.
V. 23.

LA Lune sur son Char de vermeille couleur,
Ballançoit dans son cours son humide chaleur,
Quand le sommeil d'enhaut découla sur la terre,
Embrassant l'Hemisphere, & tout ce qu'il l'enserre.
Le bal finit alors, qui cedant à la nuit,
Les Cymbales d'airain ne firent plus de bruit.
Achile qui se vit tout seul, dit en luy-mesme ;
Iusques à quand faut-il par une crainte extrême,
Que ma Mere me donne un secours mensonger,
Pour consommer mes jours dans un lieu si leger ?
Ne pourrai-je jamais me donner la licence
De décocher des traits dans mon impatience ?
Quoy ! ne pourrai-je pas dans les lieux écartez
Forcer les Animaux qui s'y sont transportez ?
Ni mesmes d'arrester quelques bestes peureuses,
Qui cherchent des forests les retraites ombreuses ?
Où sont de mon païs les plaines & les bois ?
Ou bien ton lit, Spherchie, où j'allois quelquefois,
Ayant accoûtumé les eaux de ta Riviere,
Pour me baigner souvent tout couvert de poussiere ?
Ne demandes-tu point encore les cheveux,
Que je t'avois promis pour accomplir mes vœux ?
Ne te souvient-il plus de celuy qui te quitte,
Ayant esté nourri sur ta rive Lapithe.
S'imaginera-t-on que je ne serai plus ?
Tous les pleurs de Chiron me seront superflus.
Patrocle, tu te sers maintenant de mes flêches,
Tu montes mes chevaux sur les arenes seiches.
Mais que fais-je pour moy depuis ce beau sejour,
Sinon de m'occuper aux sotises d'amour ?
A porter le baston entouré de lierre ?
Filer une quenoüille, ou tordre un fil à terre ?

I'ai honte, ſans mentir, & cela me fait peur,
De mener une vie indigne d'un grand cœur.
I'aime une belle fille, & je ne l'oze dire,
Iuſques à quand ainſi ſouffrir un tel martyre?
Il parla de la ſorte: & ſe ſervant du temps
Et de la nuit obſcure, il ſatisfit ſes ſens.
Les Etoiles au Ciel doucement en ſourirent:
Les cornes de la Lune auſſi-toſt en rougirent:
Elle en remplit de cris la montagne & les bois:
Mais les bacchiques Sœurs creurent oüir la voix
Pour donner le ſignal de commencer la dance,
Banniſſant le ſommeil dans le temps du ſilence.
Vn plus grand bruit ſe fit oüir de tous coſtez:
Achile reprenant les Thyrses rejettez.
Se levant toutesfois d'auprés de ſa Maiſtreſſe,
Il luy tint ce diſcours avec de la tendreſſe.
Nè vous étonnez pas, je vous dis franchement,
Que je ſuis celuy-là que ſa Mere dément.
Mais qu'elle mit au monde, où les bois de Pelée
Ont acquis une eſtime à leur gloire égalée,
Et que parmi la neige elle fit élever,
Où dans la Theſſalie on voulut l'éprouver.
Ie n'euſſe jamais pris ces veſtemens de fille,
Peu glorieux pour moy, ſans voſtre éclat qui brille,
Et que je vis d'abord ravi de vos beautez,
Qui me mirent au cœur de gagner vos bontez.
C'eſt pour l'amour de vous qu'à ma Mere divine,
I'ai rendu ces devoirs ſortant de la Marine.
C'eſt pour l'amour de vous que j'ai pris le fuſeau,
Et que j'ay ces tambours frappé d'un ton nouveau.
Pourquoy pleurez-vous donc, l'une des belles filles
Du fameux Ocean pour croiſtre ſes familles?
Dequoy vous plaignez-vous devant donner au Ciel
Vne poſterité d'un luſtre eſſentiel?
Mais, pluſtoſt perira par le feu voſtre pere:
Tous les Peuples de Scyre en verront la colere:

Et plustost ces grands murs periront dans les flots,
Que la mort vous saisisse avec de durs sanglots,
Ou vous fasse jamais perdre mon alliance,
Vous n'en concevrez point la moindre défiance,
Ma mere ne sçauroit rien exiger de moy,
Qui me pust obliger à violer ma foy.
Allez, ne dittes rien de tout ce qui se passe,
De ce qui s'est passé de vostre bonne grace.
La Princesse surprise avec étonnement,
D'un prodige si rare & d'un air si charmant,
Luy parut étonnée encore davantage,
Le regardant de prés autour de son visage.
Mais qu'eust-elle pû faire en ce rencontre-là?
Son pere eust-il appris de sa bouche cela?
Elle ne pouvoit pas conter cette avanture,
Sans exciter contr'elle un étrange murmure.
Sans se mettre en danger & le jeune Heros,
D'un rude chastiment assez hors de propos.
Elle conserva donc cette affaire secrette,
Appellant seulement sa Nourrice discrette,
Sans en faire de bruit: mais enfin il faloit
Vne personne sage à faire ce qu'on doit.
Enfin cette Nourrice épargna la Princesse,
Luy conserva l'honneur, & cacha sa grossesse.

Fin du troisiéme Livre de l'Achileïde.

L'ACHILEYDE DE STACE.

LIVRE QVATRIESME.

I.

Le navire des Princes Grecs aborde dans l'Isle de Scyre, Vlysse & Diomede s'entretenant sur divers suiets. V. I.

LE navire d'Vlysse en voguant sur les flots
Les haleines aidoient les bras des Matelots:
Elles faisoient aussi varier les Cyclades,
Montrant divers aspects aux Marines Nayades.
Tantost c'est d'Oleare, & tantost de Paros;
Tantost on vient raser les costes de Lemnos.
Naxe chere à Baechus décroist par le derriere:
Et passant plus avant Samos on voit entiere.
Delos d'autre costé vient obscurcir la mer,
On répand le vin pur sur le courant amer.
Les prieres se font comme pour un miracle,
Afin d'estre asseuré des avis de l'Oracle.
Et d'adjouster creance au Prophete Calcas,
Qui dit la verité sur un dangereux pas.
  Apollon l'entendit, il envoya Zephyre,
Qui, du sommet de Cynthe asseura le Navire,
Il fut en bon presage à ceux qui n'avoient point,
D'asseurance certaine, où le succez se joint.
Le Navire vogua sous une bonne Etoile,
Et le vent fit enfler heureusemeut la voile.
Iupiter empeschant que Thetis dans sa fin,
Pust opposer sa force à celle du destin,
Pour renverser la Mer, & tourmenter Vlysse,
Par les vents & les eaux craignant son artifice.
  Le Soleil rayonnant tomboit déja du Ciel,
Entrecoupant des Mers le courant plein de fiel,

Avecque ſes chevaux entourez de lumiere,
Et qui la diſtiloient dans la marine altiere,
Quand la ſcabreuſe Scyre on connut hors de l'eau,
Qui découvroit ſes bords ſous un plaiſant rideau.
Là, le fils de Laërte adreſſa donc ſes voiles :
Il y tourna ſes ſoins, guidé par les Etoiles.
Chacun prompt à tout faire obeït à l'inſtant :
Et de tout ce qu'on vit chaque eſprit fut content,
Sans que le moins du monde aucun d'eux euſt pû dire,
Cette Iſle que voicy ſans doute n'eſt pas Scyre :
Car ce l'eſtoit auſſi faiſant voir ſans broüillas,
Sur la coſte paiſible un Temple de Pallas.
Là, le Prince d'Itaque & celuy d'Etholie,
Virent qu'à leur bon-heur la Deeſſe s'allie.
Eſtant donc deſcendus, & luy rendant leurs vœux,
Cette Divinité les ſeconda tous deux.
Là, le prudent Heros en chaque choſe habile,
Sans vouloir effrayer le moindre de la Ville,
Ne fut accompagné deſcendu ſur le bord,
Que du fils de Tydée impenetrable au ſort.
Mais Abas qui gardoit du port la fortereſſe,
Le prévint, & connut le navire de Grece.
Tout ainſi que deux loups, qui d'un bois en Hiver,
Sortant la nuit enſemble en un temps aſſez clair,
Rien que la faim les preſſe, & qu'ils ſoient en colere,
Diſſimulant pourtant leur cruel caractere,
En ſe tenant tappis, ils vont contre le vent,
De peur des grands abbois que les chiens font ſouvent,
Qui, leurs maiſtres craintifs par ce moyen excitent,
A retomber ſur eux quand leurs pertes ils ſuſcitent.
Ainſi font peu de bruit les Heros en marchant,
Du Port juſqu'à la Ville en traverſant le Champ,
Faiſant leur entretien ſur les choſes offertes,
Elles furent ainſi par Diomede ouvertes.
Par quelle invention de ce qu'on a conté,
Pourrons-nous diſcerner la pure verité ?

Car à quoy serviront ces Cymbales de cuivre?
Tous ces petits tambours, ces Thyrses & ce livre?
Ces guirlandes encor avec ces peaux de Dain,
Que vous n'avez pas crû que nous prissions en vain?
Armerons-nous Achile avec toutes ces choses
Contre les Phrygiens? Dites-nous-en les causes.
Lors le Prince d'Itaque, en soûriant luy dit,
Vous le connoistrez bien par là sans contredit,
C'est de là qu'il viendra de luy-mesme à la guerre,
Si par quelque artifice on le cache à la terre.
Mais, quand il sera temps, apportez du vaisseau
Tout ce qu'il sera bon de joindre à ce trousseau:
Vn bouclier admirable en toutes ses figures,
Et par le vif éclat de toutes ses dorures,
Il pourroit arriver que cela suffira,
Quand Agyrte avec nous du Clairon sonnera,
Et qu'il apporte encor sous son manteau cachée,
La trompette éclatante estant bien embouchée,
Pour de bonnes raisons que vous sçaurez apres,
Et que vous apprendrez pour des desseins secrets.

II.

Le Roy Lycomede entend benignement les Princes qui luy disent le sujet de leur voyage. V. 52.

IL parla de la sorte: & voyant en personne
Le Roy sur l'avenuë, où sa Cour l'environne:
Apres le compliment de paix, luy faisant voir
L'enseigne de l'Olive acquittant son devoir,
Il luy tint ce discours. O le plus doux des Princes,
Ie croy que vous sçavez dans toutes ces Provinces,
Qu'une guerre entreprise avec assez de bruit,
Allume dans l'Europe un grand feu jour & nuit;
Et que l'Asie émuë également s'engage
A soûtenir l'effort que fait un grand présage.
Si vous voulez sçavoir les noms des Generaux,
D'une puissante armée & de ses grands drapeaux,

Ausquels

Ausquels le grand Atride a mis sa confiance,
En vangeant la querelle où son frere a creance :
Voicy du grand Tydée, & le fils de celuy,
Plus vaillant que son pere, & plus brave que luy.
Pour moy je suis Ulysse : &, pour nostre voyage
Ie ne vous puis celer le sujet qui l'engage.
Ie vous diray que c'est pour chercher les moyens,
De parvenir au but de nos justes desseins :
Et de connestre encor ce que la grande Troye
Prepare contre nous, pour troubler nostre joye.
Là dessus Lycomede, Ulysse interrompit,
Pour luy dire en ces mots le sens de ce qui suit.
Puissiez-vous rencontrer une fortune heureuse,
Et que vostre entreprise en tout soit glorieuse.
Ie vous donne la main, venez prendre chez moy,
Vostre logis offert pour un si noble employ.
Il les fit au Palais entrer à la mesme heure,
Où l'on vit sur les lits que la splendeur demeure.
Ulysse cependant jettoit de tous costez
Ses regards, observant les singularitez,
Pour voir, si par bon-heur, il n'auroit point de trace,
De la belle Deesse en un si grand espace.
Ny si quelque visage où le haut air se joint
Quelque soupçon pareil ne luy donneroit point.
De chaque appartement il voit les Galeries,
Comme, pour admirer leurs belles symmetries.
Tout ainsi qu'un chasseur estant bien asseuré
D'avoir de ce qu'il veut trouvé le lieu serré,
Avecque son limier, faisant autour la ronde,
Pour surprendre sa proye en sa bauge profonde.
Ou bien au pied d'un arbre endormie en passant,
Ou bien quelque gazon de terre paistrissant.
Le bruit dans le Palais fit que chaque Princesse
Apprit bien-tost l'abord du navire de Grece,
Dont les principaux Chefs estoient si bien venus,
Qu'on ne pouvoit pas mieux pour des hommes connus.

Les Princesses aussi justement étonnées
Eurent opinion d'en estre soupçonnées.
Mais le fils de Pelée eut de la peine à voir,
Vn fait si surprenant, sans marquer son pouvoir.
En l'estat qu'il estoit il eut impatience
De voir de grands guerriers, connus pour leur vaillance.

III.

Description de la Sale du Palais de Lycomede; & de la sorte que les Princesses paroissent aux yeux d'Vlysse & de Diomede. V. 83.

Les Sales du Palais fremissent du grand bruit,
De la nombreuse Cour & de ce qui la suit,
Sur des tapis de pourpre on s'assit pour la table,
Où le Roy fit venir en habit honorable,
Ses filles, qu'il aimoit; leurs Compagnes encor,
Dont les vives beautez estoient comme un tresor.
Toutes telles qu'estoient ces fieres Amazones,
N'ayant plus leurs armets, pour s'asseoir sur des thrônes.
Ulysse cependant fut soigneux d'observer
Leur gorge & leur visage à faire bien réver,
En les considerant, il voit leur contenance,
Pour discerner la sienne avec sa difference,
Il n'eust pas esté seur, à cause des flambeaux
Qu'on venoit d'apporter, qui font les taints égaux.
Il n'eust pas dis-je esté facile à reconnoistre,
A sa taille quelqu'un, qui ne sçauroit paroistre,
Assis comme on estoit pour prendre le repas,
Soit que l'on fust plus haut, ou que l'on fust plus bas.
Il arresta pourtant ses yeux sur la personne,
Qui tournoit ses regards sans que nul bruit l'étonne:
Qui dis-je les tournoit d'un air plein de fierté,
Sans trop s'embarrasser de la pudicité.
Ce qu'il fit observer de l'œil à Diomede,
Qui le vit apres luy, sans courir au remede.
Que si Deïdamie, Achile en son ardeur
N'eust ozé retenir par sa forte pudeur,

Couvrant auſſi ſes bras & ſa gorge aſſez nuë,
Il euſt certes perdu beaucoup de retenuë,
Et ſe fuſt fait connoiſtre aux Capitaines Grecs,
Mais pour elle il voulut garder de grands reſpects.
Quand le repas fut pris (la table fut ſervie,
Et de magnificence & de ſplendeur ſuivie,
Cela deux ou trois fois de ſuite) puis le Roy
Dit en prenant la coupe en myſtere de foy,
Les Princes invitant à la vuider de meſme;
Il eſt vray que je porte aux Grecs envie extrême,
Pour la noble entrepriſe, & pour le grand deſſein,
Que vous avez conceu pour une illuſtre fin.
Ie confeſſe en cela les heureux avantages
Que vous avez ſur moy parmi de grands orages.
Pluſt à Dieu que mon âge égalant mon pouvoir,
A celuy que j'avois, ſecondant mon devoir,
M'euſt laiſſé de la force avec les avantages
Que j'avois, repouſſant les Dolopes Sauvages,
Et que je les vainquis par mer heureuſement,
Dont nos murs ſont encore ornez en ce moment.
Au moins, ſi de mon ſang j'avois quelque perſonne,
Qui puſt tenir ma place en portant ma couronne
Ma joye auroit ſon comble, & dans tous mes ſouhaits,
Il ſeroit avec vous, & je ſerois en paix :
Mais vous voyez icy ma famille & mes peines
Que je voy dans ces lieux comme mes Souveraines,
Et certes quand ſera-ce apres quelque équité
Que je verray de là quelque poſterité ?
Ce fut tout ſon diſcours, & le prudent Ulyſſe
Prenant l'occaſion, non pas ſans artifice.
Vous deſirez, dit-il, ce qu'on doit deſirer
Et de fait, qui voudroit ne pas voir murmurer,
Sous divers Generaux des Nations ſans nombre,
Obeïr à des Rois, dont l'éclat n'a point d'ombre.
Toute l'Europe émuë eſt forte en verité
Contre une Nation qui l'a bien merité.

Les Campagnes en ſont par tout abandonnées,
Et les Villes par tout en ſont deſordonnées.
Nous avons dépoüillé les Montagnes par tout,
Et la Mer a des Nefs de l'un à l'autre bout.
Les peres donnent meſme à leurs enfans des armes:
Et la jeuneſſe auſſi n'en conçoit point d'allarmes;
Et l'on n'a point encore à des cœurs genereux
Donné tant de moyens de ſe montrer heureux,
Par ſa grande valeur d'acquerir de la gloire,
Et de ſe ſignaler pour gagner la victoire.
En parlant de la ſorte, il arreſta ſes yeux
Sur Achile attentif: & d'un ſoin curieux,
Ses Compagnes tandis baiſſoient toutes la vuë
Du grand étonnement d'une choſe inconnuë.
Puis Ulyſſe reprit. Quiconque peut vanter
La gloire de ſa race, & de s'en contenter:
Quiconque eſt à cheval un excellent gendarme,
Adroit pour étonner & pour donner l'allarme,
A ſe ſervir de l'arc, & lancer quelque dart,
A porter quelque enſeigne où le grand étendart,
Vient chercher de l'honneur dans cette grande armée,
Où, ſans doute le ſuit la haute Renommée.
Les femmes meſme ont peine à s'empeſcher d'aller
En cette occaſion s'y pouvant ſignaler:
Et c'eſt à peine encor que des troupes de filles
N'y veüillent pas porter le nom de leurs familles.
Quelqu'un ſe tient oiſif, & meſme haï des Dieux,
Si cette occaſion vient manquer à ſes yeux.
Achile là deſſus fuſt ſorti de ſa place
Sans que Deïdamie arreſta ſon audace:
Et n'euſt en meſme temps fait le ſigne à ſes ſœurs
De ſe lever de table entre tant de douceurs.
Luy donc s'arreſte un peu, ſentant bien cette attaque,
Arreſtant ſes regards ſur le Prince d'Itaque.
Puis ſe levant auſſi de table le dernier,
Il ſe retire enfin, & ſe met à quartier.

Ulysse en cét endroit voulut faire une pause.
Et puis à son discours, il joignit peu de chose.
Mais vous, dit-il, encor, se tournant vers le Roy,
Demeurez dans la paix sans prendre un autre employ,
Et préparez encore à vos filles cheries
Des Maris genereux pour les rendre aguerries.
O Dieux! combien de fois, le respect qu'on leur doit,
M'a-t-il touché le cœur sur tout ce qui s'en voit,
Sans que pour tout cela j'en aye ozé rien dire?
La grace accompagnant leur beauté que j'admire,
Où se méle par tout je ne sçai quoy de grand,
Dont vous estes sans doute un illustre garand.
Le Pere dit alors, pour leurs Apologies:
Vous les pourriez souffrir celebrant les Orgies:
Elles vous aggréroient aux Festes de Pallas,
Ou, du moins en cela, ne vous déplairoient pas.
Et, pour l'amour de vous, ayant le vent contraire,
Si vous le trouvez bon, vous verrez ce mystere.

IV.

La solemnité des Orgies, & la Ceremonie du Sacrifice. V. 144.

LE Roy leur fit plaisir pour un congé si doux.
Et sa civilité gagna le cœur de tous.
Puis, pour se retirer, toute la Compagnie
Eut la permission, pour la Ceremonie
De s'aller reposer dans les appartemens,
Où la propreté mesme est aux ameublemens.
Le silence se fit dans la maison complice:
Mais la nuit parut longue au vigilant Ulysse.
Et ne pouvant dormir, il songeoit au retour.
Ie dois dire pourtant, qu'à peine estoit-il jour,
Quand le fils de Tydée accompagné d'Agyrte,
Apporte les présens tous couronnez de Myrthe.
Les Princesses de Scyre estoient déja dehors,
Elles vouloient montrer l'addresse de leurs corps,

Se préparant déja pour la Ceremonie,
Où chacune excelloit par un ſecret genie.
Entre toutes pourtant, la Reine avoit un air,
Qui le portant bien haut la faiſoit admirer,
Dans ſa démarche heureuſe, elle eſtoit démélée
D'entre toutes ſes ſœurs, par le fils de Pelée.
Et comme ſous Etna la guerriere Pallas,
Diane Chaſſereſſe avecque tous ſes appas,
Où l'Epouſe d'Eliſe aux coſtes de Sicile,
Entre les Nymphes ſœurs, la Naïade Civile,
En certaine cadence, & meſure, elles font
Des pas où la juſteſſe au bel air ſe confond:
Vne fluſte de buys, qui vient de Beocie,
Marque cette meſure en ces tons adoucie:
Elles ont fait oüir par quatre fois l'airain
Des Cymbales de Rhée, en battant le terrain.
Par quatre fois encore aux Ieux Triéteriques,
Elles ont mis leurs doigts ſur les Tambours bacchiques:
Et tout autant de fois en mouvemens divers,
Elles ont fait des pas répondant aux Concerts.
Toutes en meſme temps, leurs Thyrſes elles levent,
Les rabaiſſent ſoudain, & la cadance achevent,
De la meſme façon que les Curetes font,
Soit qu'ils aillent tout droit, ou qu'ils tournent en rond,
Ou bien comme l'on voit dancer les Samothraces,
En figurant leurs pas ſur les divers eſpaces:
Tantoſt piroüetant au moment qu'on les voit,
Se rencontrer de front, ou revenir tout droit,
Ou, comme on dit encor que font les Amazones,
Quand elles ont détruit, ou renverſé des thrônes:
Et tantoſt avançant, ou ſe tournant de front,
Se tenant par la main dans un mouvement prompt,
Selon l'air de Diane, ou de Lacedemone,
Pour des branles divers en l'honneur de Latone,
Dans la Ville Amyclée, où le deüil s'enfoüit,
Quand on croit que le bal chaque eſprit réjoüit.

Ce fut à ce ſujet ſur tout qu'on vit Achile,
Montrer évidemment ſon naturel agile,
Sans ſe mettre en ſoucy, ſur le ton du Tambour,
De remuer ſes bras, ou ſes pieds tour à tour.
Tantoſt il ſe neglige, & rompant la cadance,
Il cauſe bien ſouvent du trouble dans la dance.
Ainſi Thebes voyoit d'un œil triſte autrefois,
Penthée en dédaignant les Thyrſes & la voix,
Et les petits Tambours de ſa Mere devote,
Obſervant la meſure & les tons & la notte.
La dance enfin finit ſes mouvemens legers,
Que loüerent aſſez les nobles Etrangers.

V.

Les préſens étalez qui occupent la curioſité des Princeſſes. V. 166.

Les Princeſſes enſuite au Chaſteau s'en allerent,
Où toutes avec ſoin les préſens regarderent.
Au milieu de la ſale, ils eſtoient étalez,
Sur des Sieges exprés, pour eſtre regalez.
Diomede eut le ſoin de s'en donner la peine,
Réjoüiſſant les yeux de chaque fille vaine.
Il les invite donc de prendre & de choiſir,
Selon leur fantaiſie & ſelon leur deſir.
Le Roy le trouva bon: &, comme il eſt honneſte,
Il veut bien que chacune à ce ſoin-là s'arreſte.
Ah! ſimple & peu verſé, qui ne connoiſſiez point
Les dons que font les Grecs, où l'artifice eſt joint!
Les filles ſans beſoin, ſelon leur ſexe infirme,
Choiſiſſent chaque choſe où leur cœur ſe confirme:
Ou les Thyrſes qui ſont bien tournez à leur gré,
Ou les petits Tambours, qui ſont de gris cendré:
Leur teſte ſe couronne avecque les guirlandes,
Plus brillantes aux yeux que tout l'or des offrandes:
Et regardent le reſte, ainſi que des preſens,
Qui dans l'humeur du Roy, luy ſeroient plus plaiſans.

Mais Achile de prés regarde une rondache,
Où des combats estoient figurez sur l'attache:
Où peut-estre, on voyoit quelques taches de sang:
Et regarde debout une lance en son rang:
Fit oüir des soupirs, & remua sa teste:
Redressa ses cheveux que nul ruban n'arreste.
Ne se ressouvint plus des ordres maternels,
Ny de l'amour caché dans les jours solennels:
Et son cœur tout entier s'en alloit avec joye,
Où l'on prit les desseins contre la grande Troye.
Comme un Lion tiré de bonne heure du sein
De la fiere Lionne approuve que son crain,
Soit peigné de la main de l'homme qui le garde,
Et ne se fasche point, si quelqu'un le regarde.
Que s'il a vû briller le fer devant ses yeux,
On ne peut s'y fier devenant furieux.

V.

Achile est reconnu par Vlysse, qui luy parle tout bas, & luy fait entendre ses intentions. Le jeune Heros se dépoüille de ses vestemens feminins, & le bruit éclatant de la Trompette fait prendre la fuite à toutes les Princesses. V. 190.

MAis s'estant approché, la surface polie
Du Bouclier luy fit voir tout ce qu'on en publie.
Il s'y connut dans l'or, semblable à ses cheveux:
Frémit en mesme temps, & rougit de ses vœux.
Surquoy l'adroit Ulysse, asseuré de la chose,
Luy vint dire tout bas tout ce qu'il se propose.
Devez-vous hesiter? n'en deliberez plus:
Des discours sur cecy vous seroient superflus.
Nous vous connoissons bien, celuy que le Centaure
A nourri de jeunesse assez prés du Bosphore.
Vous estes, je le sçai, le petit fils du Ciel,
Et de la Mer profonde, où regne un peu de fiel.
On n'attend plus que vous: &, de toute l'armée,
Vous estes le souhait, de vostre nom charmée:

Et

Et toute nostre Grece impatiente attend
Vostre heureuse personne, où sa gloire s'étend.
Les Pergames bien-tost se verront abbatuës,
Si vous en approchez, pour estre confonduës.
Courage, il ne faut plus differer plus long-temps,
Souffrez qu'Ida pallisse entre tant d'accidens:
Et qu'enfin vostre pere ait aussi de la joye,
De vous voir signalé dans la guerre de Troye:
Et que rougisse encor la trompeuse Thetis,
D'avoir apprehendé pour vous de tels partis.
Dégagé des habits, déja sa taille aisée
Montroit ce qu'elle estoit digne d'estre prisée,
Quand Agyrte par ordre, ainsi qu'on l'avoit dit,
Sonna de la Trompette, & son bruit retentit.
Les filles eurent peur, elles prirent la fuite,
Abandonnerent tout, les presens, & leur suite.
De leur Pere implorant le secours desiré,
Croyant qu'on s'alloit battre, & que tout fust livré.
Les robes du Heros d'elles-mesmes tomberent:
Et de son sein guerrier elles se détacherent.
Il prit le bouclier pour l'essayer un peu,
Et, sans qu'on le pust croire, il parut plein de feu,
Tout aussi-tost plus haut que le Prince d'Ita que,
Ou celuy d'Etholie approchant d'une attaque.
Vn bruit si surprenant étonna le Palais,
Mais Achile asseuré ne s'en émeut jamais.
Il estoit au milieu de la troupe timide,
Comme s'il eust déja, se montrant intrepide,
Presenté le combat au valeureux Hector,
Qui fut à son païs plus précieux que l'or.

VI.

Achile se fait connoistre au Roy ; & le coniure qu'il trouve bonne son alliance avec sa fille, & de le recevoir pour son gendre.
V. 211.

ON cherche avec grand soin la fille de Pelée.
Mais pour Deïdamie, elle en est desolée.
Elle craint son desordre, & se plaint assez haut,
Ce qu'Achile à sa voix reconnut aussi-tost.
Sa valeur en parut quelque temps surmontée
Par la secrette flâme à son cœur attentée.
Il quitta son bouclier : & regardant le Roy,
Tout armé qu'il estoit, l'asseurant de sa foy,
Dans son étonnement d'une telle avanture :
Remettant son esprit sans chercher de figure.
Mon pere, luy dit-il, la Reine de la mer,
Ma mere que j'honore, & que je dois aimer.
M'a mis entre vos mains : mais quittez cette crainte,
Qui vous jette en l'esprit une grande contrainte.
C'estoit vous qui deviez donner Achile aux Grecs,
Pour qui, depuis long-temps l'on prend tant de respects,
Me donnant ce congé que de vous seul j'espere.
Vous m'obligerez plus que mon illustre pere
N'a pû gagner sur moy, pour luy, de mon devoir,
Si j'ose m'expliquer ainsi de son pouvoir,
Ou de Chiron fameux, avec la vigilance,
Qu'il prit à mon sujet parmi tant d'indulgence.
Mais écoutez tous deux ma proposition,
Peut-estre convenable à vostre intention.
Ne rejettez donc point, genereux, mes prieres,
C'est Pelée & Thetis émuë en ces matieres
Que vous avez receuë en vostre grand Palais,
(Où regnent la douceur, la justice & la paix)
Qui vous donnent, sans doute, à leur fils pour beaupere,
L'un & l'autre portant un divin caractere,

Issus des deux costez du plus pur sang des Dieux.
Pour moy donc en leur nom, ne pouvant rien de mieux,
Que j'obtienne de vous une de vostre race,
De vostre Sang Royal, pour me combler de grace.
Que vostre cœur s'y porte, ou bien passerons-nous,
Pour ne meriter pas cet honneur-là de vous?
Si vous me l'accordez, joignez nos mains ensemble:
Et trouvez bon ainsi que l'Hymen nous assemble.
Mais pardonnez à ceux qui vous ont offencez,
Et que tous leurs pechez vers vous soient effacez:
Car, je ne puis celer qu'avec Deïdamie,
I'ai pris les privautez qu'on attend d'une amie.
Et certes sur cecy, pour le dire hardiment,
Eust-on pû resister, pour un bien si charmant?
Quelle fille m'ayant acquis à son service,
Eust pû ne pas ceder à tout nostre artifice?
Chastiez-moy tout seul de ce crime commis,
Si vous le trouvez-bon, tout vous estant soûmis?
Pour estre auprés de vous, je veux quitter ces armes:
Et je les rends aux Grecs, pour suivre d'autres charmes.
Que premeditez-vous de fascheux contre nous?
Vous estes mon beaupere, & je suis tout à vous.
En parlant de la sorte, & craignant sa colere,
Afin de l'appaiser en qualité de pere,
Exposant à ses pieds, son petit-fils il dit;
Vous estes maintenant ayeul sans contredit,
Si l'on vouloit jamais vous donner des affaires,
Plusieurs tout à la fois s'y trouveroient contraires.
Les Princes Grecs alors conjurerent le Roy,
Par l'hospitalité qui protege la foy,
De ne conserver point pour cela dans son ame,
Aucun ressentiment d'une faute sans blâme,
Bien qu'une telle injure eust un juste sujet,
De n'estre pas content, sur un si grand projet,
Craignant d'ailleurs Thetis en manquant de parole,
Pour le dépost commis, dont le Roy se desole.

Toutefois il craignoit bien plus de s'opposer
Au destin qui l'eust pû d'ailleurs scandaliser.
Des Grecs sur ce sujet retardant l'entreprise:
Mais posé que le Roy l'eust voulu par surprise,
Achile, qui devoit davantage à Thetis,
Eust ces ordres de Mere estimé tres-petits.

VII.

La faute de Deïdamie est pardonnée, Pelée est averty de tout ce qui s'est passé, & l'on celebre la solemnité des Nopces d'Achile avec la Princesse de Scyre. V. 248.

EN cette occasion, par quelle repugnance
Eust-il pû resister à tant de violence?
Il voulut donc ceder, prenant les interests,
D'un Gendre, qui faisoit tous les siens de si prés.
D'un lieu tandis obscur sortit Deïdamie,
La pudeur sur le front craignant quelque infamie.
Et, sans croire si tost d'obtenir son pardon,
Par Achile pourtant elle impetra ce don.
L'avis on en envoye aussi-tost à Pelée,
De qui la joye aussi se dubt sentir comblée:
Et pour luy demander des Navires exprés,
Et des troupes de guerre avec tous leurs apprets,
Le Roy de Scyre ainsi fournit de deux galeres
L'équipage d'Achile: &, pour estre legeres,
Il voulut bien aux Grecs s'excuser du secours,
Pour n'estre pas plus fort, sur la fin de ses jours.
La journée en festins se passa toute entiere:
L'alliance on confirme au gré de la premiere:
Et la nuit qui suivit joignit les deux Amants,
Qui n'eurent plus de crainte en leurs liens charmants.
Achile eut dans l'esprit les bataillons de Xanthe,
Le nom du Mont-Ida, la flotte combatante.
Et, pour Deïdamie, elle craignoit le jour,
Sans songer qu'au peril de perdre son amour.

Elle embrassoit tandis Achile avec tendresse :
Et se panchant sur luy, pleurant mesme sans cesse
 Vous reverrai-je encor, dit-elle une autrefois ?
Et pourrai-je écouter le ton de vostre voix ?
Pourrai-je reposer entre vos bras encore ?
Attendant le retour de quelque heureuse Aurore ?
Voudrez-vous regarder l'Enfant que nous avons ?
Et vous souviendra-t-il de nous qui soûpirons ?
Quand vous remporterez des guerrieres dépoüilles,
Vous ressouviendra-t-il de nos foibles quenoüilles ?
D'avoir esté caché parmi des filles Sœurs,
Qui repensant à vous verseront bien des pleurs ?
Quels vœux ferai-je au Ciel tousiours pour vostre gloire ?
Ou de quelle frayeur, suspecte à la Victoire,
Ne la verrai-je point saisie à tout propos,
Pour ne conserver pas un moment de repos ?
Ou que vous manderai-je avec inquietude,
En mon estat pressant de cette solitude ?
Ie reçois maintenant vostre possession,
Pour une seule nuit, courte précaution !
Sera-ce donc le temps, en la fleur de nostre âge,
Que le bon heur accorde à nostre mariage ?
Est-ce la liberté que je m'en promettois ?
O crainte ! ô doux larcins obtenus quelquefois :
Qu'estes-vous devenus ? Helas ! on m'oste Achile,
Ou quand on me le donne, on ravit mon azyle.
Helas ! ozeroit-on empescher vos projets ?
Allez ! mais on prévoit de terribles effets :
Et souvenez-vous bien que Thetis avisée,
N'a point apprehendé, vainement abusée.
Allez heureusement : & dans vostre retour
Faites que j'aye un peu de part en vostre amour.
Ie vous demande icy des choses difficiles :
Du moins, j'en ai grand peur, si d'autres sont utiles,
Des Troyennes peut-estre avecque leur beauté,
Vous feront me quitter pour cette nouveauté :

Ou bien la Tyndaride allumera la flâme,
Qui vous pourra brusler pour captiver vostre ame.
Et pour moy, je ferai la Fable du mal-heur,
Où je serai laissée au fort de ma douleur.
Permettez, permettez que je vous puisse suivre:
Ainsi, je me tiendrai trop heureuse de vivre.
Que je porte aprés vous des piques & des dards,
Vous avez bien pour nous suivi nos Etendarts.
Ie vous ai vû porter pour les Festes bacchiques,
Les Tyrses entourez de grains Dityrambiques,
Ce que ne croira point le funeste Ilion.
Mais aimez nostre Enfant, ma consolation.
En tenant ce discours, Achile incomparable,
Ne parut point aussi pour elle inébranlable.
Il la consola donc luy confirmant sa foy,
Par un serment sacré digne du cœur d'un Roy,
Où l'on voit se mesler la tendresse des larmes:
Et luy promit encore, aprés ses grandes armes,
Ayant enfin détruit le Throsne Phrygien,
De l'enrichir du choix du desastre Troyen:
Mais l'orage & les vents firent que ces paroles,
N'ayant aucun effet furent toutes frivoles.

Fin du quatriéme Livre de l'Achileïde de Stace.

L'ACHILEYDE DE STACE.

LIVRE CINQUIESME.

I.

Achile fatal à toute la Phrygie s'embarque pour aller à Troye. V. 1.

DEsia le jour naissant éclairoit l'Univers,
Et le Roy des clartez s'élevant sur les airs,
Se sentoit foible encor de la nuit taciturne,
Pour son obscurité faisant le cours diurne.
C'estoit au point du jour qui doroit l'Orient,
Qu'il venoit de quitter brillant d'un taint riant.
Et le Char du Soleil dégoutoit la rosée,
Elevant ses flambeaux de l'onde interposée,
Quand tout le monde vit l'objet d'un grand Amour,
Achile en sa jeunesse aussi beau que le jour,
Dépoüillé des habits & des robes de fille,
Dont l'avoit vû couvert la royale famille :
Mais des armes paré que son choix avoit fait,
Dans les présens offerts, pour marquer son souhait.
  Le bon vent l'invitoit, & la Mer sa parente,
Vouloit le voir partir pour sa gloire apparente:
Et l'on n'osoit aussi mettre en son souvenir
Ce qui s'estoit passé regardant l'avenir.
Ainsi changé, parut Achile en toutes choses,
Ouvrant en sa valeur toutes les portes closes.
Il parut tout d'un coup comme s'il fust sorti
De l'antre de Chiron, qui l'avoit diverti,
Si-tost qu'il eut offert le devot sacrifice,
Aux Vents, aux Dieux des Eaux, selon l'avis d'Ulysse
Sur le bord à Neptune il avoit immolé,
Tout ainsi qu'à Nerée un Taureau signalé.

Sa Mere qu'il honore aussi fut appaisée,
Par une Vache offerte à la hache exposée :
Iettant ses intestins dans le fonds de la Mer.
Divinité, dit-il, que j'ai sujet d'aimer,
A qui je dois aussi ma vie & ma naissance,
I'ai fait ce que j'ai deû par mon obeïssance,
Encor qu'il vous ait plû de desirer de moy,
Ce qu'on ne pouvoit pas attendre de ma foy.
Ie vais donc maintenant à la guerre de Troye,
Avec les Princes Grecs non pas sans grande joye.
En finissant ces mots, il entre en son Vaisseau:
Et bien-tost loin de terre, il fut porté sur l'eau.
Déja l'air s'épaissit des inconstantes nuës:
Et l'Isle appetissoit à chacune des vûës.
Sa femme paroissoit sur le haut d'une tour,
Avec toutes ses Sœurs qui pleuroient à l'entour,
Tenant entre ses bras l'enfant que l'on avoüe,
Et dont le nom de Pyrrhe avec elle se joüe.
Tant qu'elle pût, la voile elle vit de ses yeux,
Et puis ne vit plus rien que la Mer & les Cieux.
Achile ses regards tourne aussi vers la Ville,
Et songe avec regret à sa perte inutile.
Il sent bien que l'on pleure : & son cœur est touché,
De l'ardeur qui renaist du feu qu'il tient caché.

II.

Le Prince d'Itaque luy raconte les commencements de la guerre. V. 30.

ULysse l'apperçeut : &, pour flatter sa peine,
Vostre Mere, dit-il, d'une invention vaine,
A-t-elle pû jamais en femme vous vestir,
Destiné pour combatre & tout assujetir ?
Vous, dis-je, destiné pour nous vanger de Troye,
Vous qui serez des Grecs l'esperance & la joye,
Et que mesmes les Dieux ont demandé souvent,
Et que la guerre ouverte incessamment attend :

A-t-elle

A-t-elle bien voulu receler une chose
De cette qualité dans une maison close?
S'est-elle pû promettre avec un tel employ,
Qu'un brave tel que vous, luy garderoit la foy?
O, sans mentir, Thetis, vous estiez trop peureuse,
Et vous estiez trop mere, estant si genereuse!
Vne telle valeur ne pouvoit s'arrester,
Sous un morne silence, où tout se peut gaster,
Qui n'ouït pas plustost le bruit de la Trompette,
Que toute la tendresse enfin elle rejette:
Elle étouffe ses feux allumez dans le cœur,
Et se declare toute avec grande vigueur.
Nous ne sommes point cause avecque nos prieres,
Que vous ayez suivi nos enseignes guerrieres.
Vous l'aviez fait vous-mesme, & l'on doit tout entier
Cét Amour si sincere à vostre cœur altier.

III.

Achile desire sçavoir le suiet de la guerre, & l'apprend de la bouche d'Vlysse.
V. 43.

IL faudroit trop de temps, dit Achile en ces choses,
A vous pouvoir conter sur ce sujet les causes
De mon retardement & de l'étrange humeur
De ma Mere en cela pour affoiblir mon cœur.
Cette lame fera, sans doute, les excuses,
De ce qui s'est passé dans cette Isle des ruses.
Les habits mal seants que j'ai long-temps portez,
Sont crimes des Destins qui s'y sont exhortez.
Mais tandis que la Mer est douce, & que nos voiles
Ont le vent favorable au bon gré des Etoiles,
Dites-moy bien plustost le sujet qu'ont les Grecs
D'entreprendre une guerre où les Dieux sont suspects:
Vous me ferez plaisir: instruit de cette affaire,
I'en concevray de mesme une juste colere.
Lors le Prince d'Itaque, en prenant de plus haut
La chose comme elle est l'observa sans defaut.

Il eſt certain, dit-il, qu'aux confins de Phrygie,
(On nous le conte ainſi) qu'un Berger ſans magie,
Fut choiſi pour juger d'un debat de beauté,
Où des Divinitez vouloient la primauté :
Elles y prirent part, & voulurent conneſtre
Iuſques où pourroit aller un jugement champeſtre :
Mais que ce Berger-là ne vit pas de bon œil
Minerve, pour luy faire un admirable accueil :
Qu'il ne l'eut pas auſſi, dit-on, fort favorable,
Pour la Reine celeſte en ſa gloire adorable.
Et que Dione fut le charme de ſes yeux.
Qu'au reſte ce debat fut par l'ordre des Dieux.
Dans les antres ſacrez de noſtre Theſſalie,
Lorſque ſur Pelion Pelée aux Dieux s'allie,
Et que dés lors auſſi vous nous fuſtes promis,
Pour vanger noſtre affront contre nos ennemis :
Deux Deeſſes ſoudain s'en mirent en colere.
Le Iuge prétendit ſon jugement ſincere :
Il en voulut avoir la recompenſe auſſi,
Qui luy fut accordée, & qu'il obtint ainſi.
Amicles dont l'abord eſt touſiours ſi facile,
Fut montrée au Voleur qui ſurprit cette Ville :
Il abbatit les bois ſur les Monts Phrygiens,
Aux dépens de Cybele & de ſes Citoyens.
Les grands Pins défendus, il fit tomber par terre,
Et baſtit des Vaiſſeaux pour commencer la guerre,
Ou pour paſſer en Grece, où l'on luy fit honneur,
Dans le païs d'Achée ignorant ſon malheur.
(Certes je plains l'Europe avecque ſa puiſſance,
D'avoir en cét eſtat ſouffert tant d'inſolence)
Il enleva la gloire & le riche threſor,
Du jeune fils d'Atrée au milieu de ſon bord :
Qui, l'ayant bien receu, comblant ſa gloire vaine,
Il s'en alla pourtant avec la belle Helene,
Et captive entraîna la Grece en ſon païs.
Le bruit s'en répandit, où ces tours ſont haïs.

Et chacun s'en estant émû de part & d'autre,
Nous nous sommes unis pour défendre le nostre:
Car, qui pourroit souffrir que par des tours pareils,
On vinst corrompre tout par de tels appareils?
Et que l'on enlevast par un rapt si facile,
La femme de quelqu'un dans sa maison tranquile?
Comme si l'on vouloit ravir une brebis,
Ou quelqu'autre bestail, ou de simples habits?
Vne perte pareille émouveroit sans doute,
Les moins sensibles cœurs qui souffrent la déroute.
Agenor qui tousiours parut ingenieux,
Ne put mesme endurer ces intrigues des Dieux,
Ny les faints buglemens que l'Amour develope,
Quand il fit tant chercher par tout sa fille Europe
Indignement ravie, & dédaignant d'avoir
Pour son gendre le Dieu dont l'on craint le pouvoir.
Ætha ne put souffrir que sa fille ravie,
Eust délaissé les bords de la froide Scythie?
Et poursuivit les Roys demi-Dieux sur la Mer,
Sans épargner la Nef qu'il devoit estimer,
Et qui devoit un jour au Ciel prendre sa place,
Entre les feux d'enhaut qui brillent dans l'espace.
Et nous endurerons qu'un homme effeminé
Coure autour de nos bords comme un déterminé!
Les Grecs n'auront-ils point quelque usage des Armes?
Et ne feront-ils point répandre aussi des larmes?
Que seroit-ce aprés tout, si quelqu'un comme icy,
S'en alloit enlever Deïdamie ainsi?
Qu'il l'a vinst arracher, dont l'on se desespere,
D'entre les bras cheris de son aimable pere?
Implorant le secours d'Achile si connu
Pour empescher un mal qu'il auroit prévenu?
  Achile sur ces mots porta sur son épée
Soudain, pour s'en vanger, sa main émancipée:
Et beaucoup de rougeur luy monta sur le front,
Comme s'il eust esté touché de cét affront.

Ulysse assez content ne dit rien davantage,
Mais le fils de Tydée adjoûte à ce langage.
Prince excellent, dit-il, digne du sang des Dieux,
Dont vous estes venu par des soucis pieux,
Dites-nous, s'il vous plaist, toutes vos habitudes,
Tous vos commencemens, & toutes vos Etudes.
Quand vous eustes attaint un âge florissant,
D'un naturel robuste autant qu'il est puissant,
Que vous apprit Chiron dans sa grande sagesse,
Pour acquerir la gloire où l'honneur s'interesse?
Quelle porte ouvrit-il dans un champ debatu,
Pour vous mettre au chemin de la haute vertu?
Et, par quelle industrie en de telles amorces,
Parmi de grands moyens, fit-il croistre vos forces?
Que ce soit-là le prix de tout nostre travail,
Pour vous avoir cherché parmi tant d'attirail,
Et vous avoir donné ces armes agreables,
Que vous avez vous-mesme estimé desirables.
Qui se pourroit déplaire à parler de ses faits,
Si ce n'estoit quelqu'un troublé par ses souhaits?

VI.

Achile apprend à Diomede & au fils de Laerte quels preceptes de Vie, & quels enseignemens luy avoit donnez l'admirable Centaure.

V. 94.

Achile prit alors, avecque modestie
La parole à parler de son fait en partie.
Comme, dit-il, j'estois bien jeune, on me voulut
Mettre aux soins du Vieillard Chiron, qui me receut:
Il occupoit le fonds d'une haute montagne,
Qui dans la Thessalie eut ce qui l'accompagne:
Il ne me nourrit point des communs alimens,
Qu'on donne d'ordinaire à ceux qui sont enfans.
Il ne me donna point de lait; mais des entrailles
Des Lyons qu'on avoit surpris dans les broussailles:

Des moëlés de loups & de tels animaux.
Eloignez des douceurs, mais qui font bien des maux.
Ce furent mes feſtins, mes premieres délices,
Où ſe joignit auſſi de Bacchus les caprices.
Le bon pere à cela m'avoit accouſtumé,
Et touſiours pour la peine il eſtoit allumé:
Ie voyois avec luy des lieux inacceſſibles
Au travers des buiſſons & des foreſts penibles,
Me portant ſur ſa croupe afin de nous haſter,
Parce que ſans cela j'euſſe pû tout gaſter.
Il m'apprenoit ſans ceſſe à n'avoir point de crainte,
Non pas ſans du plaiſir, à mépriſer la plainte,
De ſoûrire de joye à voir les animaux
Se preſenter à nous exigeant des travaux,
A n'avoir point de peur des cailloux & des pierres
Qui deſcendant en bas imitent les tonnerres:
Non plus que du ſilence affreux d'une Foreſt,
Où tout pour étonner ſe rencontre ſi preſt.
Dés lors je pris le dard, & je portai la trouſſe:
Les armes à la main, en tous lieux je me pouſſe,
Et ma peau s'endurcit aux injures de l'air,
Sans craindre la gelée ou le frimats d'hiver.
En ſuite fatigué de l'extrême froidure,
Mon gouverneur & moy, nous couchions ſur la dure.
A peine eſtois-je encore à l'âge de douze ans,
Que pour me retenir & bien paſſer mon temps,
Il me faiſoit ſouvent devancer à la courſe,
Les Cerfs touſiours legers, ſans relaſche ou reſſource,
Et de forcer encore à courſe de cheval,
Les Lapithes ſi prompts, qui font touſiours du mal.
Ie devois égaler par ma grande viſteſſe
Les traits que l'on décoche avecque tant d'adreſſe:
Et, comme j'eſtois jeune & grandement leger,
Chiron qui me ſuivoit vouloit m'encourager:
Il couroit apres moy ſur toutes les montagnes:
Au travers des cailloux & des raſes campagnes:

Et quand il m'avoit mis hors d'haleine souvent,
Il loüoit ma vistesse allant comme le vent:
Me soûlevoit aussi souvent sur ses épaules,
En rabbattant sur moy les oziers & les saules.
D'une plante legere aux premiers froids d'Hiver,
Il me faisoit marcher sur la glace au grand air,
Pour ne la pas casser sur le bord des rivieres,
Dangereuses beaucoup, sans sçavoir les manieres.
Tout ce que dans l'enfance, on tient que je faisois,
Vous dirai-je à present mes combats dans les bois?
Et comme les Forests ont esté dégagées
Des cruels animaux dont je les ay purgées?
Iamais il n'a permis que sur le mont Ossa
I'abbatisse les Daims qui couroient en deça,
Ou que je poursuivisse à coups de traits les Onces,
Parce qu'ils sont peureux, ou tappis dans les ronces:
Mais que j'eusse le cœur de forcer les Sangliers
Dans leur bauge bourbeuse, ou parmi les haliers:
Que j'y forçasse aussi les Ources furieuses,
Les Cerviers, les Bizons, les Tigresses affreuses:
Ou que j'allasse prendre au fonds de leurs berceaux,
Sans craindre les Lions, les petits Lionceaux.
Luy se tenant assis dans son ample caverne,
Sçachant bien cõme il faut qu'un bon cœur s'y gouverne,
Attendoit mon retour: & pour le contenter,
Le succez de ma chasse il faloit luy conter.
Luy donnant le bon jour, il observoit mes haches,
Si le sang y faisoit en divers lieux des taches.
Vn peu plus avancé, je cherchay des combats,
Les images au moins qui font les bons soldats.
I'appris le maniment des armes dans l'usage,
Où des gens aguerris exercent leur courage,
Le tour ingenieux, des Macedoniens,
Les jeux accoustumez des chers Peoniens,
Pour lancer la zagaye avecque vehemence,
Ou bien du Sauromate imiter l'abstinence:

Avec quelle furie, il décharge ſes coups,
De ſa peſante maſſe au fort de ſon courroux.
Ou comme les Gelons, les Scithes, & les Getes
Se ſervent de leurs faulx, ou pouſſent leurs ſagettes :
Et de quelle diſtance, on dit que les frondeurs
Des Baleares font le point de leurs roideurs
Toutes les fois qu'ils ont reſſerré dans le Cercle,
D'une corde une pierre au milieu du Couvercle.
A peine vous pourrois-je expliquer les combats,
Qu'il vouloit que je ſceuſſe ou n'ignoraſſe pas :
Tantoſt il m'enſeignoit à le ſuivre en campagne,
Et tantoſt à franchir le haut d'une montagne.
Il m'apprenoit auſſi l'addreſſe d'un guerrier
Pour ſoûtenir l'attaque avecque le bouclier :
De quelle ſorte on peut entrer dans une place,
Où l'on a mis le feu, ſans une fauſſe audace :
Et, comme eſtant à pied, quatre chevaux de front
Se peuvent arreſter ſans en avoir l'affront.
Ie me ſouviens fort bien, que du fleuve Sperchie
L'Onde euſt mal-aiſément d'abord eſté franchie,
Tant il eſtoit enflé de Torrents furieux,
Qui rouloit des cailloux & bois de divers lieux,
Qu'il m'ordonna pourtant de paſſer la riviere,
Et de m'oppoſer meſme à ſa roideur plus fiere.
A quoy mal-aiſément luy-meſme euſt reſiſté :
Tant la vague eſtoit forte avec rapidité.
Cette force pourtant ne fut point ſuffiſante,
Pour me faire abiſmer dans ſa roideur peſante.
Mon gouverneur tandis, pour me donner du cœur
M'encourageoit du bord, comme ſi j'euſſe eu peur.
I'en avois de la honte, auſſi je n'euſſe eu garde
De déplaire à ſes yeux, ſans dire il me regarde.
La belle gloire auſſi pour les cœurs genereux,
Me faiſoit toute choſe entreprendre pour eux.
Et pas un ſeul travail ne m'eſtoit difficile
Devant un tel témoin en toute choſe habile.

Au reste pour nos jeux, nous avions le palet,
Comme à Lacedemone avec le gantelet,
Et de nous dépoüiller aussi dans la Palestre,
Nous estant bien frottez pour fuir le Sequestre :
Et qu'avecque le Ceste on sçeust donner des coups
Bien plus fort qu'on ne fait dans l'exercice doux :
Et certes tout cela, si j'ose vous le dire
Ne me peinoit pas plus que de toucher la Lyre.
Et d'y chanter encore avecque les beaux airs,
La gloire des Heros sur plusieurs tons divers.
I'appris par son moyen à connoistre les plantes :
Comme on guérit les maux & les douleurs pressantes,
A temperer le sang, quand il est alteré :
Comme il doit estre aussi quelquefois moderé :
Quand on ne peut dormir, tout ce qui se peut faire,
Et quel est le remede aux playes necessaire :
Celles qu'on doit guérir, par le feu, par le fer,
Par le jus d'une plante, ou par un suc amer :
Enfin il m'imprima dans le cœur la justice,
Avec laquelle il sçait l'art de vaincre le vice :
Et, par elle il a fait également des loix,
Dignes de sa vertu pour les plus Saints emplois,
Pour contenir aussi les peuples qui s'arrestent
Autour du Pelion, que ses loix admonestent.
Mais j'en ay dit assez : je vous ay raconté,
Et je ne pense pas de m'estre méconté
De ce qu'à fait en moy la premiere jeunesse,
Où je n'ai point gardé de temps par la mollesse.
Croyez, mes Compagnons, que je suis satisfait,
De m'estre souvenu de tout ce que j'ai fait.
Ma mere sçait le reste : &, comme elle est prudente,
Elle en fera sçavoir tout ce qui la contente.
Les vents sont abbaissez, & découvrent le bord,
Le navire qui vogue arrive dans le port.

Fin de l'Achileïde de Stace.

En tout 2232. Vers.

AVERTISSEMENT SVR LA THEBAYDE DE STACE.

IL y a déja quelque temps que je composay la version en Vers du commencement de la Thebaïde, & j'aurois peut-estre continué le reste avec quelque facilité par le moyen de ma Traduction en Prose, qui fut imprimée avec des Remarques en l'année 1658. si je n'eusse appris quelque-temps apres que Monsieur de Corneille l'aîné, qui est un si grand Ouvrier en tout ce qu'il fait, pensoit à ce dessein pour occuper son loisir, ne doutant point que s'il le continuoit tout de bon, il feroit un Ouvrage digne de luy. Ie me suis donc pour cela mesme abstenu de traduire la Thebaïde en Vers. Cependant bien que cecy soit peu de chose, je n'ay pas voulu le laisser perir, non plus que quelques Fragmens du mesme Ouvrage, & quatre Poëmes de ses Sylves qui se liront en suite, parce que j'y ay travaillé selon toutes les regles que j'ay crû necessaires pour en faire une version qui ne fust pas infidelle, où je veux bien aussi que les beaux Esprits exercent leur Critique, si ce livre leur tombe jamais sous la main, & sur tout pour le Poëme de la Statüe Equestre de Domitien, qui est la premiere des Sylves, où là mesme, si Stace paroist un peu excessif dans les loüanges qu'il donne à cét Empereur, qui en meritoit si peu, il n'aura qu'à se souvenir que Lucain n'est pas plus moderé dans le commencement de sa Pharsale, qu'il adresse à Neron, qui regnoit de son temps, ou que Virgile mesme qui consacre le travail de ses Georgiques à Auguste. Ce qui se peut voir de la version en Vers qui se lira en suite pour Lucain, comme la mesme chose se peut voir pour Virgile dans l'Edition de toutes ses œuvres, qui parut au jour de ma version en l'année 1675. & non pas 1673. parce que la seconde est plus exacte & plus correcte que la premiere, en la page 66.

LE COMMENCEMENT DE LA THEBAYDE DE STACE.

Pour 47. Vers qui se lisent dans l'Original.

VNe divine ardeur m'inspire le dessein
De chanter des Combats qui m'échauffent le sein.
Apollon qui le veut, me fait voir des armées
De Freres ennemis d'aigreur envenimées.
Il m'oblige à parler d'un Regne alternatif,
Dont le juste pouvoir ne fut point effectif:
Mais que l'on décida par des haines mortelles,
Dont Thebes vit l'effet de ses noires querelles,
Causes de sa ruïne & de son changement,
D'où l'on pourroit marquer un grand enchaisnement.
O Deesses, par qui faut-il que je commence?
De ces peuples cruels dirai-je la naissance?
Parlerai-je du rapt qui se fit à Sidon?
De la necessité précise & sans pardon
Imposée à Cadmus par Agenor son pere,
Pour chercher sur les Flots parmi tant de colere,
Celle que Iupiter sous le front d'un Taureau,
Avoit d'un art trompeur ravie aux bords de l'eau?
Ce seroit de trop loin ramener une chose,
Pour traiter le sujet que ma Muse propose,
Si je voulois tout dire, & conter tous les faits
De cet Heros fameux qui combla ses souhaits,
Qui, dans un Champ d'horreur sema comme des pestes
Des troubles intestins & des guerres funestes,
Et qui, pour la recolte au temps de la moisson,
Vit naistre des Guerriers d'une étrange façon.
Ce seroit de trop haut également le prendre,
Si les Marbres de Tyr quelqu'un ozoit défendre,

Pour les ſuivre par tout, & juſques ſur les murs
Où le grand Amphion, bien qu'ils fuſſent ſi durs,
Les tailla par ſa voix, & les mit en leur place,
Où Thebes tient ſon lieu dans un ſi grand eſpace.
Si j'avois à parler du vehement courroux
De Iunon dont l'eſprit inceſſamment jaloux,
Qui voulut traverſer cette Ville naiſſante,
Pour Bacchus qui rendoit ſa gloire triomphante,
Si j'oſois dire encor les fureurs d'Athamas,
Qui, pour ſa vanité, mit ſes peuples ſi bas:
Pourquoy de Palemon la Mere acquit dans l'onde
Vne gloire impreveuë, où ſon fils la ſeconde,
Quand elle s'y jetta ſans avoir de l'effroy,
Et qu'elle y fut Deeſſe, & que ſon fils fut Roy:
Mais je veux bien paſſer ces choſes ſous ſilence,
Ainſi que de Cadmus la ſublime Science.
Que l'inceſte d'Oedipe, aux yeux de l'Vnivers,
Soit avec ſa maiſon le ſujet de mes Vers,
Puis qu'encore ſi-toſt je ne puis me promettre
De celebrer la gloire où mon deſſein penetre,
Digne des Etendars d'Italie occupez,
Aux triomphes de l'Ourſe à peine anticipez,
Le Rhein deux fois ſoûmis aux Loix de cet Empire
Et deux fois le Danube, à quoy le Ciel conſpire.
Car, à dire le vray, qui ſeroit aſſez fort,
Pour ſe bien acquiter d'un ſi penible effort?
Ny je n'ay pas encore aſſez de hardieſſe,
De parler des exploits, qu'en ſa grande jeuneſſe,
Le Prince ayant ſoûmis aux pieds de Iupiter,
Toutes les Factions pour l'en feliciter;
Quand les Daces auſſi du haut de leurs montagnes
Furent précipitez pour couvrir ſes campagnes.
Vous donc, de vos Eſtats le celebre ornement
La gloire de l'Empire, à qui chaque moment
Prepare des Lauriers pour couronner la teſte:
Vous qui ſçavez uſer d'une noble conqueſte;

Rome la grande Rome , avec ſa pieté ,
Vous ſouhaite la joye & l'immortalité ,
Puiſque voſtre valeur , plus qu'on ne le peut croire,
Nous doit faire augurer que vous croiſtrez la gloire
Des exploits entrepris de voſtre Pere vieux ,
Bien que tous les Flambeaux qui brillent dans les Cieux
Se ſoient preſſez pour vous dans leur immenſe eſpace,
Afin d'y préparer auprés d'eux voſtre place :
Et que vers le canton des Pleïades aux Cieux,
Vers celuy de Borée, éclairé de tant d'yeux ,
Ou celuy qui jamais n'eſt étonné du foudre,
Qui les Nuages creve , & fait voler la poudre :
Tous vous veulent avoir , pour eſtre en voſtre choix ,
Et vous invitent tous d'y preſcrire vos Loix :
Soit que le Dieu du jour charmé des grandes Ames,
Et de qui les cheveux font réjaillir des flâmes,
Couronne voſtre front d'un Cercle lumineux ,
Formé de ſes rayons qu'attachent de ſaints nœuds,
Ou bien que dans le Ciel Iupiter vous y cede
Vne partie égale à celle qu'il poſſede :
Vous eſtes tout-puiſſant & ſur terre & ſur mer :
Contentez-vous touſiours de vous y faire aimer :
Et , pour combler d'honneur ceux de voſtre famille,
Faites que dans le Ciel leur Divinité brille.
Enfin le temps viendra que pour vos faits Guerriers ,
Ie ferai le récit qui promet des Lauriers.
   I'accorde maintenant tous les tons de ma Lire,
Pour y mettre les airs de ce que j'oſe écrire ,
Les Armes d'Aonie , & le Sceptre fatal
Aux deux Freres chargez d'un crime capital ,
De leurs Peuples , Tirans, leur colere enragée,
Dans leurs opinion leur puiſſance outragée ,
A qui meſmes la mort , ſans preſcrire de Loy ,
Fit conteſter entr'eux la qualité de Roy.
I'y ferai le récit de la flâme rebelle,
De la ſedition inteſtine & mortelle ,

Sedition formée au milieu des Buſchers,
Où brûlerent des cœurs plus durs que les Rochers.
I'y parlerai des Roys privez de Sepulture,
Et des Villes ſans Peuple, où la puiſſance eſt dure,
Quand les Eaux de Dircé furent taintes du ſang
Des Peuples Argiens, quand le mal fut ſi grand,
Et que Thetis eut peur de recevoir Iſmene,
Par le carnage enflé forçant l'humide Plaine.
Clio, qui des Heros, dans ces terribles temps,
Sera choiſi premier pour des faits importans ?
Sera-ce toy, Tidée, extrême en ta colere ?
Ou toy qui dans l'Abyſme acheves ton myſtere ?
Dans le fleuve ennemi Hippomedon preſſé
Me preſſe également qu'il n'y ſoit pas laiſſé.
Il faut d'autre coſté que les combats j'écrive,
Où s'engage trop loin ſur la Thebaine rive
Le beau Parthenopée, & d'un plus grand effort,
Ie doi de Capanée exprimer le dur ſort.

DESCRIPTION DE LA GUERRE,

Tirée du commencement du ſeptiéme Livre de la Thebaïde.

Atque ea cunctantes Tyrii, &c. v. 74.

AUx yeux de Iupiter qui lance le tonnerre,
Les Grecs ſont pareſſeux à commencer la guerre.
Il voit avec regret que contre les Thebains,
Ils n'ont pas fait ſentir ce que peuvent leurs mains.
Dans ce reſſentiment, en ſecoüant ſa teſte,
Il fait trembler le Ciel troublé par la Tempeſte,
Le grand Atlas ſe plaint de ſoutenir ſon faix,
Sur ſon dos plus peſant qu'il ne le fut jamais.
Alors le Roy des Dieux, pour ouvrir ſa penſée,
Parle à Mercure ainſi dans la plage exaucée.
Va d'un rapide cours par le milieu des airs,
Pour deſcendre au climat où regnent les Hyvers.

Du costé que Borée incommode les Thraces,
Sous l'Ourse qui jamais des Celestes espaces
Ne tombe dans les eaux de l'immence Ocean;
Mais se nourrit de pluye ou de vapeurs d'Estang.
Va sans delai sçavoir si Mars ne veut rien faire,
Qu'il agisse aujourd'huy, s'il desire me plaire.
Son repos luy fait tort, & je trouve odieux,
Qu'il ait ses bras croisez, contre le gré des Dieux.
Di-luy que promptement, il allume la guerre,
Quand les Grecs sont tout prests pour desoler la terre:
Sans se laisser fléchir par priere ou par vœu,
Que sans rien écouter, il mette tout en feu.
Qu'il brusle tout dans l'Ishtme,&tout ce qu'environnent
Les costes de Malée, où les Vaisseaux s'étonnent.
A peine ces gens-là, sont-ils hors de leurs Murs,
Qu'ils s'occupent en vain à des emplois obscurs.
On croiroit à les voir qu'ils retournent sans cesse
D'une expedition qui les tenoit en presse,
S'arrestant alentour d'un funebre buscher,
Qu'ils trouvent en chemin auprés d'un vieux rocher.
Si Mars veut en cela que sa gloire consiste,
Il n'a qu'à desirer que nul cœur ne resiste.
Le Disque fait du bruit poussé d'un grand effort,
Le Ceste d'Oebalie occupe le plus fort.
Si comme un furieux il trouve dans les armes,
Ses plaisirs qui tousiours font verser tant de larmes,
Son courroux inhumain & son impieté,
Luy feront mettre en cendre une noble Cité.
Il mettra tout à sang, ravagera les Villes
Qui nous feront des vœux dans leurs craintes civiles.
Toutesfois il est doux quand nous sommes fâchez.
Que si les Escadrons par luy sont empeschez.
Ou si, pour m'obliger, apres ces funerailles,
Il n'ouvre par les Grecs les Thebaines murailles.
(Iamais sa cruauté ne luy fera de tort,
Dans mon esprit qui sçait la fierté de son sort)

Que ſa Divinité devienne débonnaire,
Et que l'oiſiveté ne luy ſoit plus contraire.
Qu'il remette en mes mains ſon épée & ſes darts,
Ses Chevaux genereux & ſes grands Etendarts.
Il n'aura plus par moy ſur le ſang de puiſſance.
Ie répandrai par tout la paix & l'abondance.
Ce ſera bien aſſez de donner à Pallas
En ce jour les emplois pour les Thebains combats.
A ces mots, le Dieu prompt rendit l'obeïſſance
Qu'il devoit à ſon Pere, & quitta ſa preſence.
Aux confins de la Thrace il vint en peu de temps.
L'éternelle Tempeſte, & les frimats conſtans
De la plage glacée, avec tous les Nuages,
Qui condenſoient les airs troublez par les orages,
Et les ſouffles premiers du frilleux Aquilon,
Comme il entroit dans l'Ourſe émouvant le ſablon
Par une force étrange, en maints lieux le porterent,
Et de divers coſtez ſon adreſſe agiterent.
La greſle fit oüir ſur l'or de ſon manteau,
Vn grand bruit dont à peine, il pût ſous ſon chappeau
Apporté d'Arcadie, éviter la tempeſte.
Mais la tempeſte enfin ſe calma ſur ſa teſte.
Les lieux qu'il vit de là ſont conſacrez à Mars.
Il découvre de loin, prés de ſes Etendars,
Vn terrain ſec, aride, & quelques bois ſteriles,
Des tertres épineux, des coſtaux infertiles.
Il voit avec horreur les lieux de ſon Palais,
Entouré de ſablons, & de triſtes marais.
Au pied du Mont Hemus accablé de froidure,
Ce terrible Palais éleve ſa ſtructure.
Ses Murailles de fonte & ſes Portes de fer
Portent aſſez le front du Palais de l'Enfer.
Des Colomnes de fer ſoûtiennent l'édifice,
Et tout le baſtiment eſt rempli d'artifice.
De ſon éclat aigu le grand Flambeau du jour
S'y rencontre ébloüi paroiſſant alentour.

La lumiere à sa voix, semble avoir de la crainte
De s'y venir asseoir, ou d'en faire la fainte.
Et de tout l'édifice une rude splendeur
Réjaillissant en haut contriste la lueur
Des celestes Flambeaux & des feux des Etoiles,
A qui souvent la Nuit prette ses sombres voiles.
Les Gardes de la Place estoient en leur devoir,
Dignes d'en conserver la force & le pouvoir.
L'Impetuosité s'y montroit la premiere
Loin de son avenuë avec sa mine fiere:
Le Crime aveugle y montre un mouvement obscur,
Et les Courroux ardents y sont aux pieds du Mur.
Sous un visage pâle on reconnoist les Craintes.
On y pourroit connoistre également les Faintes:
Les Embusches à part qui serrant leurs manteaux,
Sous leurs vestemens roux déguainoient leurs coûteaux.
La Discorde s'y tient avec sa double épée:
Elle montre à l'envers sa robe entrecoupée.
Tout le Palais fremit d'un grand nombre de gens,
Qui, pour estre guidez ont aussi leurs Sergens.
La Valeur y paroist; mais avec la Tristesse,
Et s'y montre debout signalant sa proüesse.
La Fureur en est proche avec sa gayeté,
Et la Mort s'y découvre avec impunité.
On ne voit que du sang sur l'Autel de la Guerre,
Rien que des feux ravis qui calcinent la pierre,
Enlevez des buschers des Villes & des Bourgs,
Où l'on n'a rien laissé que de tristes Vaultours.
On voyoit à l'entour les dépoüilles des Princes,
Celles de leurs Sujets, & des grandes Provinces.
Les Nations ornoient dans leur captivité,
Et la voûte du Temple & sa Divinité,
Par l'horrible débris des Portes cizelées,
Par des morceaux rompus aux Galeres bruslées.
Par des Chariots nuds & des Timons brisez,
Des Brancars mis en piece & des Fourgons usez.

Là,

Là, les Gemissemens, les Cris & les Blesseures,
Avec les grands efforts, n'avoient point de mesures.
Mars luy-mesme on pouvoit discerner en ces lieux,
Mais on n'y voyoit point d'air serein en ses yeux.
Vulcain l'avoit dépeint par sa rare industrie
Avant qu'il eust esté sujet de raillerie,
Quand il fut éclairé des rayons du Soleil,
Qui firent voir sa honte au point de son réveil.
Aussi-tost que Mercure eut appris la nouvelle,
De ce qu'il desiroit d'un truchement fidele,
L'Hebre comme un Taureau mugit en ce lieu-là.
Les Rocs furent émeus, & la terre trembla.
Alors, de ce qu'on vit que les Bestes utiles,
Et propres aux combats gastoient les champs fertiles,
Où sur l'herbe on voyoit leur écume tomber,
Le signe estoit certain, qu'elles alloient courber
Leurs dos pour obeïr au grand Dieu des batailles,
Qui retournoit poudreux de battre des murailles.
A sa venuë on vit les durs Portaux s'ouvrir,
Pour recevoir son Char qui cessoit de courir,
Où tout rouge de sang des Peuples d'Hircanie,
On eust dit qu'à sa mine, il joignoit la manie,
Aprés avoir trempé dans les Champs spacieux,
Les chemins, les buissons, & les bois ennuyeux
D'une onde ensanglantée, aspersion horrible,
Qui jettoit dans les cœurs une frayeur terrible.
Derriere luy marchoient des troupes dans les fers
Des dépoüilles que font des Conquerans divers.
Les épaisses forets & la neige profonde,
Firent place à son Char qui trouble tout le monde.
Bellone qui montroit un regard inhumain
Regissoit ses Chevaux d'une guerriere main.
Et, pour les faire aller d'une course rapide,
Elle ne tenoit point de chamfrain ny de bride,
Mais elle les frapoit d'un javelot aigu,
Qui leur faisoit franchir un chemin ambigu. &c.

Ie raporteray maintenant quatre Poëmes de Stace, deux du premier Livre de ses Sylves, & deux du second.

QVELQUES LIVRES

DE STACE,

Avec la Préface sur le premier Livre à Stella, contenant les sujets des deux premieres Pieces qui se liront ensuite.

Stace a composé cinq Livres de ces sortes de Poësies, où il a mis des Prefaces en Prose à la teste de chacun. Voicy donc la premiere de ses Prefaces.

PAPINIVS SVRCVLVS,

STATIVS A STELLA.

TRes-excellent Stella, qui dans la jeunesse que vous avez encore, estes en toutes choses l'honneur & la gloire de mes estudes. I'ay long-temps douté si je devois vous obeïr, sur ce que vous avez voulu que de ces petits Livres qui me sont échapez par une chaleur assez prompte, avec une certaine satisfaction d'aller un peu viste, je fisse un Recüeil pour vous l'envoyer en l'estat que je les ay composez, bien que chacun de ces Livres eust déja paru dans le public. Car pourquoy faut-il que je me charge de l'authorité de l'Edition, moy qui suis encore épouvanté de ma Thebaïde, qui me vient de quitter? Toutefois, ne lisons-nous pas le Poëme du Moucheron? Et pourrions-nous ignorer qu'il n'y en ait un autre du Combat des Souris & de Grenoüilles? Il n'y a pas un seul des Poëtes Illustres qui ne se soit quelquefois égaïé d'un stile facile dans le corps de ses Ouvrages. Il eust esté peut-estre plus seur pour moy de retenir ces choses dans le silence, puis qu'aussi-bien elles se presentent trop tard, & que vous les avez déja veuës en l'honneur de ceux pour qui elles ont esté faites. Mais il est necessaire qu'il en perisse une bonne partie à l'égard de beaucoup de personnes pour leur servir d'excuse, quand elles ont perdu la seule grace qui leur pouvoit appartenir d'avoir esté faites en tres-peu de temps.

Il n'y a pas une Piece de cét Ouvrage qui m'ait occupé plus de deux jours, & quelques unes ont esté faites en un jour, bien que je doive avoir grand peur que mes Vers ne prouvent que trop d'eux-mesmes cette desobligeante verité.

Le premier Livre s'authorise d'un témoin inviolable & sacré, (car c'estoit par Iupiter que cét Ouvrage devoit commencer.) Les Vers que j'ay faits sur le grand Cheval de bronze pour le Serenissime Empereur, furent rendus par ses commandemens exprés, le lendemain qu'il dedia ce Colosse. Si quelqu'un vous dit que j'ay pû toucher à ce Poëme quelques jours auparavant, vous luy répondrez s'il vous plaist, mon cher Stella, que vous sçavez que j'ay écrit en deux jours vostre Epithalame, à quoy vous m'aviez assez obligé par les ordres exprés que vous m'en aviez donnez. C'est, à n'en point mentir, une grande hardiesse. Il est composé de 272 Vers hexametres; mais aussi ne diriez-vous pas bien quelque petit mensonge en ma faveur? Manlius Vopiscus qui certainement est un Personnage de grande érudition, & qui préserve les Lettres de l'oubly & de la poussiere, se trouvant aujourd'huy à la veille de nous quitter, n'a pas accoûtumé de se fascher que je celebre quelquefois sa gloire, & vous dira comme moy, que j'ay fait en un jour la description de sa belle maison de Tivoli. Ie ne dis rien de la Piece dediée à Rutilius Gallicus Valens, qui est ensuitte, de peur que l'on croye que je sois menteur, si j'allegue un témoin qui n'est plus vivant. Mais nous avons l'attestation de Claudius Hestruscus, qui reçeut de ma façon dans le temps de la durée d'un soupé la peinture de son baing merveilleux. Le Poëme des Calendes de Decembre qui est à la fin, où il est parlé de cette heureuse nuit qui fut remplie de tant d'agreables divertissemens, qui avoient esté jusques-là inconnus au Peuple Romain, a esté composé avec la mesme promptitude que tous les autres.

SYLVE PREMIERE du Premier Livre.

La Statuë Equestre de Domitien.

CEt Empereur ayant remporté une Victoire sur les Cates, les Sarmates & les Daces, fit dresser une Statüe équestre, de la grandeur d'un Colosse, qui le representoit dans le fore Romain, c'està dire dans une grande place de Rome. Et pour la consecration d'un ouvrage si prodigieux, Stace composa ce premier Poéme de ses Sylves en son honneur, & merita par là les bonnes graces de Domitien, parce qu'en effet ce Poëte avoit tourné la chose d'une maniere, qu'il eust esté bien mal-aysé de ne l'estimer pas. Cependant il faut avoüer qu'il s'y rencontre plusieurs choses difficiles, comme il y en a d'autres aussi qui sont veritablement ingenieuses, pour donner des loüanges agreables à ceux qui ne se plaignent jamais qu'on leur offre trop d'encens, bien que l'on puisse dire aussi qu'il y en a beaucoup qui le meritent d'autant moins qu'ils ont trop de vanité, ou qu'ils ont peu de merite, comme cét Empereur Romain qui n'en avoit point du tout.

Il fut donc representé dans cette Statüe équestre de la façon qu'il estoit, & non pas sous un habit emprunté d'un siecle éloigné du sien, dont aussi ne fut-il jamis revétu. Autrement il n'eust pas esté reconnoissable, & cela mesme eust esté si peu approuvé de son temps, qu'il n'y a pas lieu de s'imaginer qu'on en eust fait état.

Sans doute à cette Statuë à cheval, il n'y avoit point d'estrieux, parce qu'on n'en portoit point en ce temps-là, comme il n'y en avoit point encore du temps de Marc-Aurelle qui fut depuis. Ce qui paroist par sa Statuë équestre; qui reste encore à Rome. Mais les bons Peintres, pour sçavoir un peu d'Histoire antique en matiere d'habits, pour s'en servir dans l'usage de leurs draperies, doivent-ils imiter dans leurs grands ouvrages, pour la representation des Rois & des Empereurs de nos jours, une chose qui se doit si peu imiter, estant si peu conforme à la verité? Il en est ainsi du reste, concernant ce qu'on appelle habits à l'antique, *qui à le bien prendre comme ils sont, n'ont rien de beau, & rendent méconnoissables les Heros qui ne les ont jamais portez, tels que cét Alcide, l'un des Heros des premiers siecles: si on luy donnoit des lambrequins & la cotte d'armes du Guerrier Romain, en le dépoüillant de sa peau de Lion. Et ceux qui portoient un arc à la main, porteront-ils un arquebuse sur l'épaule, ou une carabine en bandolliere? Un grand Roi sera-t-il toûjours representé dans ses Portraits avec une cuirasse de Gendarme, qu'il n'a jamais portée, ou qu'il a portée tres-rarement, parce qu'il n'en a pas eu besoin, quelque hazardeux qu'il ait esté dans les occasions perilleuses. Il y a des armes Royales, ou des vétemens Royaux, qui pourroient marquer davantage sa dignité. Et ce qui est bon pour une fois ou deux, ne l'est peut-estre pas pour toûjours.*

La verité est plus belle que tout cela : & bien que les modes changent, un habit Romain, ou mesme Consulaire à l'antique, qui estoit certainement pitoyable, n'est plus à l'usage. Les Peintres ne doivent pas estre menteurs jusques à ce point ; & ce n'est pas bien se servir de leurs inventions de faire qu'ils imposent à cét égard à la Posterité, au lieu de l'instruire.

Il en est ainsi du stile & des façons de parler, qui se disoient dans l'Antiquité, & parmy les Gentils, ce qu'elles ne disent plus aujourd'huy parmy nous, ou qu'elles disent si obscurement qu'on n'y entend rien du tout, & certes bien souvent, où il ne se trouve pas le moindre atome de verité. Mais quoy que j'en puisse dire, on ne changera point de sentimens, & ceux de l'Echole & du College, prévaudront encore long-temps, parce que tous les jeunes gens qui sont en grand nombre, & tous ceux qui sortent des Estudes ne sont pas formez par une autre institution, ce qui passe mesme dans toutes les dignitez de l'Eglise & de la Magistrature, & dont aussi plusieurs Seigneurs de la Cour ne sont pas fort éloignez.

Ce que Stace a dit au sujet de Domitien, & de la façon qu'il l'a dit, est tres-excellent, dans un dessein de flater ce Prince, comme un homme qui estoit de sa Cour ; ce qui ne se peut faire presque autrement, quand on veut meriter quelque douceur de ceux qui sont élevez dans la supréme dignité, & qui dans cette élevation-là même, ont quelque chose de la figure Gigantale. Mais ce qu'il a dit dans l'usage de sa Langue, & dans les maximes de son temps seroit tres-mal dit dans une Langue plus juste, plus chaste & plus élegante que la sienne, & pendant d'autres usages qui doivent aussi former des sentimens differents.

Il peut neantmoins servir de modele, & d'un modele tres-achevé, à ceux, qui par exemple, voudroient parler éloquemment dans une description qu'ils auroient à faire de la Statue Equestre, destinée pour l'Edifice d'une Structure somptueuse, que l'on nomme à Paris l'Arc-de-Triomphe.

LA STATVE EQVESTRE DE DOMICIEN.

QVelle masse est-ce icy d'un Colosse si haut
Elevé dans la place, où Rome est sans defaut?
L'Ouvrage est-il du Ciel, figure descenduë?
Ou des fourneaux d'Etna seroit-elle venuë,
Aprés avoir lassé les bras de Pyracmon,
De Bronte & de Sterope, ou de quelqu'autre nom?
Ou bien, GERMANICUS, les mains de Pallas mesme,
Vous ont-elles dépaint pour la gloire suprême,
Tel que l'on vous a vû sur les Rives du Rhein,
Ou dans le grand Palais du Dace Souverain?
D'où cent Peuples battus vous ont vû, sans le dire,
Moderant sous vos Loix les renes de l'Empire?
Que l'Antiquité fasse à la posterité
Admirer le Cheval qu'à Troye on a vanté.
Pour qui l'on dépouilla les fameuses Dindymes,
Lors qu'Ida mesme aussi perdit ses vertes cimes;
Les Pergames jamais n'eussent pu recevoir
Celuy-cy, dont la taille eust vaincu son pouvoir.
Les jeunes & les vieux, les garçons & les filles
N'en eussent pas chargé le soin de leurs familles.
Enée avec le Peuple & le puissant Hector,
N'eussent pu l'entraîner ny l'ébranler encor,
Bien que l'un fust alors stratageme de guerre,
D'où les Grecs enfermez devoient rougir la terre,
Et que l'autre soit fait sur l'air de l'Empereur,
Qui presse le cheval & luy donne du cœur.
On est ravi d'y voir sous sa mine guerriere
Son visage porter une douceur altiere.
En quoy rien ne paroist n'estre pas naturel,
Les traits estant égaux dans l'artificiel.
Ses graces comme en luy sont des graces pareilles,
Sa dignité semblable est pleine de merveilles.

Le Cheval Thracien qui porte le Dieu Mars,
N'a point tant de grandeur entre ses Etendars.
Quand la guerre est finie, & qu'il montre sa gloire
Entre mille lauriers qui marquent sa Victoire.
Court-il aussi plus viste aux rives de Strymon
De son souffle écartant les eaux de son limon?
Il éloigne de luy la foudre & la tempeste,
Et l'orage jamais ne gronde sur sa teste.
L'excellence du lieu, d'où le Colosse on voit,
A beaucoup de rapport à ce qui s'en conçoit.
De là se voit le Temple où Iules se découvre,
Quand Octave adopté, par ses richesses s'ouvre:
Mais lassé de la guerre, il fraya le chemin
A nos Divinitez consommant leur destin.
On apprend d'un grand air vostre douceur extrême:
Et, sans avoir de fiel vostre gloire est de mesme.
Donnez la confiance aux Cates belliqueux,
Aux Sarmates cruels, aux Daces furieux.
Si [1] vous eussiez levé vos Aigles dans la place,
Vostre Gendre eust eu moins de credit & d'audace.
Et Caton dans le Camp par sa belle action,
Eust fait sentir la gloire en sa protection.
D'un costé du Colosse on connoist la Statuë
De ce Iules divin vers qui tout s'évertuë.
De l'autre on voit encor l'édifice Royal
Du belliqueux Paulus, dont le nom fut fatal.
Vostre Pere vous voit avecque la Concorde,
Qui fait qu'à sa douceur chaque chose s'accorde.
Il vous voit par derriere au mesme temps que vous
Avec un air si haut, vous paroissez si doux,
Regardant si l'on voit des Palais qui s'élevent,
Pour les Palais bruslez, ou si d'autres s'achevent:
Ou si le feu Troyen se conserve en secret,
Ou si l'humble Vestale en conçoit le decret.

1 Ce lieu avec sa suite est difficile, surquoy se pourroient voir les remarques de la Version en Prose, & ce qu'en ont pensé Peïrarede & Guiet.

L'invincible Empereur marque de sa main droite
Sa défense aux Combats sur une place étroite.
Pallas Tritonienne y porte son bouclier,
Où le Chef de Meduse a toûjours son œil fier.
Et, comme il semble à voir que son cheval il presse,
Ce lieu sans doute aussi plaist tant à la Deesse,
Que nul ne luy seroit plus agreable à voir,
Si son Pere en ses bras, soutenant son pouvoir,
Sous vostre Image sainte exprimoit sa figure,
Roulant en son esprit les soins de la Nature.
Temese est épuisée à luy faire un manteau,
Du métail précieux, qui le défend de l'eau.
Son épée est égale en sa force terrible,
A celle d'Orion qui tient le Ciel paisible,
Pendant les Nuits d'Hyver, quand il étonne aux Cieux
Avec ses vifs regards les Astres radieux.
Cependant le Cheval imitant la Nature,
Leve sa teste en haut, d'un Coureur en posture.
Sous un crein herissé son col est affermi,
Et la vivacité n'y fait rien à demi.
Sous les grands éperons les flancs du cheval s'ouvrent:
Et le Rhein est battu des ongles qui le couvrent.
Cet Arion fameux d'Adraste, sans frayeur,
Ne l'eust pû regarder, jettant par tout la peur.
Cylare qui le voit, des Tyndarides proches,
En est épouventé redoutant ses approches.
Sa bride est immuable, il n'obeïra point
Qu'à l'Astre qui le guide, où la splendeur se joint.
Il semble sous ses pieds que la terre gemisse.
Seroit-ce de l'airain ou de l'esprit complice,
Bien qu'elle eust pû d'ailleurs soûtenir le fardeau,
Qui sur le dos d'Atlas affaisse un Ciel nouveau?

On ne fut pas long-temps à dresser la Statuë.
La presence du Dieu chaque chose évertuë.
Elle adoucit la peine, & chacun s'étonna,
De ce qu'à l'Ouvrier l'ouvrage se donna.

La Machine s'ébranle, & sur les sept Montagnes
Le bruit parut venir de toutes les campagnes.
Le gardien du lieu, dont le lac fut fameux
Portant un nom illustre autant que genereux,
S'éveilla du grand bruit de sa fosse profonde,
Il en fut tout émeu, quand sa bouche feconde
D'une ordure entourée, où se paignoit l'horreur,
Sa teste secoüant, surpris de la grandeur,
L'ouvrit en mesme temps, & d'une voix affable
Paroissant ébloüi de l'éclat admirable
Du Cheval genereux qui parut animé,
Se replongea trois fois dans le lac abysmé,
Puis son illustre teste, enfin montrant sa joye,
De voir de là son Prince éclatant sur la voye.

Germanique, dit-il, fils & pere de Dieux,
Ie sçai vostre pouvoir qui vous éleve aux Cieux,
Le Marais que j'habite est heureux, je l'avoüe.
Son avantage est grand, si de là je vous loüe.
Pouvant voir aisément vostre lustre Immortel,
Estant si prés de vous au pied de vostre Autel.
Pour une seule fois que j'ay sauvé la Ville,
Autheur de sa fortune & puissance Civile,
Vous avez maintesfois conservé Iupiter,
Qui de son Capitole a pû vous imiter.
Vous avez fait la guerre & l'avez entreprise,
Ayant reduit sous vous l'Allemagne conquise.
Vous avez combatu nos ennemis du Rhin,
Vous les avez contraints de courir à leur fin.
Vous avez subjugué les Montagnes des Daces
Malgré leur resistance & leurs fieres menaces.
Si vous eussiez esté du temps que j'ai vescu,
L'Ennemi par vous seul auroit esté vaincu.
Mais de vostre Cheval, Rome eust guidé les rénes,
Et vous auroit sauvé de nos fatales peines.
Que celuy qui se voit au Temple de Venus
Dans la place où Cesar de ses dons si connus

Luy cede sans murmure, Ouvrage de Lisype
Pour le grand Alexandre égalant son Principe.
Mais depuis, de Neron il a porté dehors
Vn profil de fin or s'élevant sur le corps.
A peine pourriez-vous en lassant vostre vûë
Iuger l'air different dans la regle connuë.
Cét Ouvrage excellent ne craindra ny les feux,
Ny le vent, Ny la pluye aux jours les plus fascheux.
Dans la suite des ans, il aura la lumiere
De la grandeur de Rome avec sa gloire entiere.
Dans la nuit du silence, icy seront sans fiel
Les vostres abbaissez quittant les soins du Ciel,
Prosternez à vos pieds, & l'Enfant & le Pere,
Et le frere & la sœur achevant le Mystere,
Viendront vous embrasser, & recevront de vous
Les Celestes emplois, qui s'épandront sur nous.
Vsez des doux presens de l'ample Republique,
Du Peuple & du Senat, & de leur gloire antique.
O qu'Apelle avec joye eust écrit vostre nom,
Dans un Temple honoré d'un aussi grand renom
Que celuy qui gardoit l'admirable Statuë
De cet Olypien au monde si connuë !
Ce Dieu portant la foudre eust voulu ressembler
A vos traits achevez pour sa gloire combler.
Rhodes eust préferé vostre grande figure
A celle d'Apollon, sans qu'aucun en murmure.
Aimez tousiours la Terre & le Monde connu,
Sans que d'un autre ardeur vous soyez prévenu.
Aux Temples d'ici bas, faites vostre demeure :
Ils vous sont dédiez, que ce soit à toute heure.
N'affectez point si fort les Celestes Palais :
Mais gouvernez le Monde, & regissez-le en Paix.

FIN.

POEME SECOND DU PREMIER LIVRE DES SILVES DE STACE,

Qui est une Epithalame des Nopces de Stella & de Violentile. V. 282.

Cette piece est la plus longue de toutes les Sylves de Stace, que son Autheur dit luy-mesme dans la Préface de son premier Livre, avoir composée en deux jours, qui est bien peu de temps pour une piece Latine de l'étenduë de celle-cy, qu'il dit estre de 272. Vers, (il s'y en compte pourtant dix de plus:) mais c'est peut-estre par une faute de Copiste qu'il se lit dans la Préface 272. pour 282. Vne grande varieté de pensées & d'inventions se trouve dans cét Ouvrage. Il y introduit Apollon avec sa Lyre: les Muses y viennent du Mont-Helicon avec des flambeaux de réjoüissance, qu'elles portent en leurs mains. Il y fait parler la Deesse Venus avec les petits Amours: & le Dieu hymenée n'y est pas oublié, non plus que l'Elegie personage Poëtique, qui y tient lieu de dixiéme Muse. Il y nomme Erato, les Graces, Amour, & les Dieux Bacchus & Mercure. Il faut avoir peu de connoissance des Ecrits de ce Poëte, ou n'en avoir point du tout, pour n'estre pas persuadé, qu'entre les Epitalames des Anciens qui nous restent dans Catulle & dans les Poësies d'Ausone, dont les Versions en Vers se lisent ailleurs dans les lieux qui leur sont propres, celle-cy de Stace peut aussi meriter beaucoup de consideration.

D'Où vient en ce moment que les sept Monts de Rome,
Retentissent si fort de mes Vers qu'on renomme?
Et pourquoy vostre Lyre, ô divin Apollon,
Touchez-vous pour y mettre un delicieux ton?

Pourquoy ſur voſtre épaule avez-vous ſon yvoire,
Où tombent vos cheveux, qui portent voſtre gloire ?
Ie voy de loin venir du haut Mont d'Helicon
Les Deeſſes qui font un récit de chançon,
Pour des Nopces qu'on doit celebrer avec joye:
Elles font ſecoüer le doux feu dans la voye
Des flambeaux qu'elles ont chacunes à la main,
(On en voit juſqu'à neuf éclairant le chemin)
Et font en meſme temps mouvoir l'Onde parlante,
Qui réjaillit du fonds de la ſource éloquente.
Auprés d'elles on voit l'Elegie approcher,
Qui montre à ſon bel air ne vouloir rien cacher.
Elle donne du cœur aux neuf Filles Divines,
Qui marchent pas à pas, ſuivant leurs diſciplines,
En quelque lieu qu'elle aille, & voudroit qu'on la priſt
Pour la dixiéme Muſe où nul ne ſe mépriſt.
Avecque les neuf Sœurs ſe trouvant donc mélée,
On la croiroit du nombre, entr'elles ſignalée,
Pour la Mere d'Enée, elle tient par la main
L'Epouſe qu'elle meine à la teſte du train.
Elle baiſſe la vûë: & ſur ſon beau viſage,
Sa grande pureté l'embellit davantage.
La Deeſſe prépare elle-meſme le lit
Pour la Ceremonie où ſera le conflit,
Diſſimulant ſa gloire en ces Feſtes Latines,
Et temperant l'éclat de ſes treſſes divines,
De l'air de ſon viſage & de ſes feux galans,
Pour pareſtre moins belle aux yeux des jeunes gens.
Que la nouvelle Epouſe, à la verité telle,
Qu'à peine diroit-on cette beauté mortelle.
Cette illuſtre aſſemblée, ô genereux Stella,
Celebre voſtre nom & s'applique à cela,
(De voſtre Hoſtel ouvrez par voſtre main les portes)
Apollon, & Bacchus, Divinitez ſi fortes,
Et Mercure qui ſort promptement de ſes bois,
Qui couronnent Menale, & font oüir leurs voix,

Vous apportent des fleurs pour orner vostre teste.
Le caressant Amour également s'appreste,
Avec les Graces Sœurs pour enrichir son corps :
Et pour le parfumer par dedans & dehors,
Vous recevez tantost les fleurs de sa couronne,
Et tantost les beaux lis que sa noblesse donne.
Ce jour estoit venu filé d'une toison,
Dont l'extrême blancheur honoroit la maison,
Où lors devoit parestre invoqué par la Ville,
Hymen qui pour Stella flattoit Violentile.
Que les Ennuis peureux se retirent d'ici :
Que les termes railleurs s'en éloignent aussi.
Tai toy bruit importun, Amour libre nous donne
Les Loix que nous voulons, sans qu'il nous abandonne.
Cessez de soûpirer, Esprit doux dans vos airs,
Qui sçavez l'art de plaire avec de si beaux Vers.
Enfin possedez seule vostre excellente Epouse,
Sans craindre qu'un jaloux vous fasse de jalouse.
Quel bien pour vous seroit-ce avec un grand honneur
Si quelqu'autre Iunon marquoit vostre bon-heur !
Vous ayant imposé des travaux comparables
A ceux de ce Heros pour ses faits admirables !
Si le Ciel vous portoit à combattre l'Enfer,
Vous en pourriez bien-tost sans doute triompher.
Si vous estiez porté dans d'horribles tempestes
Dans ces rochers fameux pour de grandes conquestes,
Vous les surmonteriez, & je suis asseuré,
Que pour vous en champ clos tout seroit préparé.
Si vous eussiez esté ce Iuge temeraire,
Qui sur le Mont-Ida fut à Iunon contraire,
Eussiez-vous obtenu, pour vous établir mieux
Par une faveur grande un don si précieux ?
Si l'Aurore en son Char vous ravissoit pour elle,
Vous ne la croiriez pas certainement si belle.
Mais tandis que par tout s'emplissent les Salons,
Et que l'on voit le monde enfler les Pavillons,

Dans le Palais ouvert pour la Magistrature,
Où les Licteurs marquez montrent la chose seure;
Dites-nous, Erato, ce qui fut le sujet
D'une telle alliance en un si digne objet.
D'où vinrent tant de biens à l'excellent Poëte;
Peut-estre en serons-nous quelque jour interprette:
Et la docte maison de l'illustre Stella,
Nous pourra bien oüir discourir sur cela.
En cet endroit du Ciel où se voit la Lactée,
Venus loin de son Mars, pour sa gloire affectée,
Estoit couchée alors dans son lit conjugal,
La nuit ne commençant qu'à quitter son Phanal,
Quand de petits Amours en foule délicate
On vit autour du lit de pourpre & d'écarlate,
Pour avoir de sa bouche avec ses volontez
Les ordres attendus pour plaire à ses bontez,
Et sçavoir quels flambeaux en leurs vives lumieres
Devoient charger leurs mains en diverses manieres,
Et de quels traits aussi les cœurs seroient blessez
Pour les rendre captifs, ou pour estre chassez,
Soit jusqu'au fond des eaux, ou par toute la terre,
Ou bien s'allant méler dans les feux du tonnerre,
Elle n'avoit pas pris sa resolution
Sur un sujet douteux dans sa précaution:
Mais, lasse qu'elle estoit, se sentant fatiguée
Elle se reposoit en son lit distinguée,
Où surprise autrefois par le Dieu de Lemnos,
Elle perdit soudain les douceurs du repos.
Vn enfant jeune Amour, qui porte au dos des aisles,
Ayant un feu brûlant dans le fond des moüelles,
Et ses mains ne pouvant épuiser son Carquois,
Tant il estoit rempli, fit oüir cette voix.
Deesse à qui je dois mon heureuse naissance,
Ma force, mon addresse, & toute ma puissance
Vous sçavez que ma main sous vostre authorité,
A cherché les combats pour vostre dignité,

I'ai blessé de mes traits ces ames insensées
Dans les ordres prescrits de toutes vos pensées:
Mais trouvez bon aussi que nous soyons touchez
Des larmes & des vœux de ceux qui sont fâchez:
Car nous ne sommes pas sortis de quelque roche
Pour éloigner de nous la voix qui nous approche.
Ainsi n'avons-nous point un cœur de Diamant,
Nous sommes vostre peuple, Amis de chaque Amant.
Vn jeune homme Latin qui tire sa noblesse
Des Patrices Romains avec sa politesse.
Qui si-tost qu'il fut nay receut de nostre Ciel
Vn surnom augurant son charme essentiel.
Pour la rare beauté que portoit sa presence,
Le destinant au jour avec grande science,
Déja depuis long-temps je fus assez hardi,
De le blesser si fort qu'il en fut étourdi.
Mais je crus en cela de vous rendre service,
Connoissant vostre humeur de ce dessein complice.
Bien qu'on l'ait desiré souvent de force lieux,
En qualité d'Epoux plein de dons precieux,
Mais sous le joug enfin d'une Dame opulente,
Ie l'ay voulu soûmettre au sort de son attente.
D'esperer plusieurs jours avec elle j'ai crû
Que vous l'approuveriez sans estre débattu.
Pour elle, nous l'avons legerement brûlée
De nos feux dont la flâme est au cœur recellée.
La corde de nostre arc, l'épargnant toutefois
Nous la soûmet liée aux rigueurs de nos loix.
Ie sçai combien de feux cependant le jeune homme
A suffoqué de fois dans la grandeur de Rome.
Combien a-t-il senti ma persecution,
Qui luy mettoit au cœur beaucoup d'émotion?
Aussi ne crois-je pas à qui que ce puisse estre
De m'estre fait sentir ailleurs un plus dur Maistre.
Apres que bien des fois j'ay redoublé mes coups,
Pour l'obliger à prendre un traitement plus doux.

Dans un champ ſpacieux j'ai vû courre Hippomene
Sans pouvoir eſperer de Victoire certaine.
Et je puis dire auſſi qu'il n'eut point de pâleur,
Quand il partit du but pour marquer ſa douleur.
I'ay vû les bras auſſi du jeune homme d'Abyde,
Des Navires paſſer en mer le cours humide :
I'ay ſouvent admiré l'adreſſe de ſes mains,
M'exerçant avec luy couper les flots hautains.
Ieune homme, vous paſſez tous les Amours antiques :
Ie me ſuis étonné de vos flâmes pudiques.
Mais j'ay fortifié voſtre cœur genereux :
Et j'ay favoriſé le ſuccez de vos vœux.
I'ay vos yeux eſſuié de mes plus douces plumes,
Quand j'ay vû qu'Apollon plaignoit vos amertumes
Vous le tourmentez trop, nous diſoit-il touſiours,
Divine Cytherée épargnez ſes amours.
Sans délai donnez-luy la perſonne qu'il aime :
Il porte noſtre enſeigne, & nous ſert tout de meſme.
Il a pû celebrer les glorieux travaux,
Les exploits des guerriers qui pouſſent les chevaux.
Mais il a mieux aimé nous conſacrer ſa Lyre,
Et faire de doux Vers pour l'amoureux Empire.
Il a décrit les feux de mille jeunes gens,
Parlé de leur défaite en la fleur de leurs ans.
Pour la Divinité de Paphos, ſes penſées
Touſiours dans le reſpect, ſont-elles inſenſées ?
N'a-t-il pas déploré le funeſte deſtin,
Voyant noſtre Colombe étouffer un main ?
Par là meſme, on a vû la maniere admirable
Dont il a regretté ſa perte irreparable.

Il parla de la ſorte, & puis s'eſtant jetté
Sur le col de ſa mere, il connut ſa bonté.
Il échauffa ſon ſein de ſes plumes legeres,
La Deeſſe luy dit, j'écoute tes prieres.
Elle luy fit ſentir prenant ſes liaiſons,
Qu'elle conſideroit ſa voix & ſes raiſons.

Ce

Ce que de moy desire icy ton cher Poëte,
Est un don excellent pour une ame discrete
Et pour ceux que j'estime ayant moy-mesme aimé,
Les attraits merveilleux dont l'on est estimé.
Honorée en maints lieux d'une gloire sublime
Que suit l'extraction d'un sang si magnanime,
Quand elle vint au monde échauffée en mon sein,
Et dans mes bras receuë avec un grand dessein
De polir sa personne & la rendre plus belle
Qu'on ne l'eust souhaité dans un parfait modelle,
Je luy formay la gorge & bouclai ses cheveux,
Ie les fis des liens pour captiver des vœux.
Considerez sa taille, elle est avantageuse,
Préferable à toute autre en beauté genereuse.
Tout autant au dessus des femmes du païs,
Et de tous les cantons des peuples envahis,
Que Diane au dessus des Nymphes bocageres,
Excelle en tous les lieux où l'on voit des Bergeres.
Et que je puis bien dire aussi sans vanité
Que d'autres ont sous moy bien moins de dignité.
Des vagues de la mer, elle pouvoit bien naistre
Avec moy de la Conque où l'on me vit parestre.
Et si montant au Ciel sur des Chars lumineux
Elle eust pu comme nous éprouver mille vœux,
A la voir, à me voir dans les Palais Celestes
Elle eust pu, mes Amours, tromper vos yeux modestes.
Elle eut des biens de moy, qu'elle a tous surmontez
Par son cœur genereux, qui veut moins de bontez
Des Seres elle dit, qu'ils ont trop d'avarice,
Nous épargnant leur soye avec tant d'artifice.
Les filles de Climene à son gré ne font pas
Distiler assez d'ambre utile à ses appas.
Sidon n'a pas assez de toisons qui la flatte,
Pour la tainture exquise à faire l'écarlate.
Peu de Cristaux aussi congelez de long-temps
Viennent de toutes parts pour elle tous les ans.

I'ay commandé que l'Herme & les rives du Tage
Fassent couler de l'or pour orner son image.
Si vous l'eussiez connuë, ô charmant Apollon,
Daphné n'eust point foulé devant vous le sablon,
Si Thesée eust connu Violentile à Naxe,
On n'eust point detesté l'abandon qui le taxe
La Princesse de Crete eust peu touché Bacchus:
Tandis que celle-cy tous les Dieux eust vaincus.
Le Roy du Ciel pour elle eust revestu des plumes,
Il eust en sa faveur partagé les Ecumes
Se couronnant le front par des Cornes encor:
Et, pour elle une pluye eust encheri sur l'or.
Mais, mon fils, voulez-vous départir ma puissance
Au jeune homme qui sort à peine de l'enfance?
Bien qu'un second Hymen, on l'ait vû refuser,
Elle luy cede enfin voulant en mieux user.
Ayant ainsi parlé la Deesse se leve,
Fait voir de quelle plante elle enrichit la seve.
Monte aussi sur son Char attelé des Oiseaux,
D'Amyclée attirez d'entre ses claires eaux.
Sur son timon assis Amour qui les accouple,
Les guide dans les airs sous une rene souple.
L'on peut déja de loin descouvrir Ilion,
Ie dis Rome admirable en son Palladion,
S'élevant sur les bords qui s'ouvrent par le Tibre,
Où c'est bien justement que la fortune est libre.
Les Portiques connus de la riche maison
Se découvrent déja marquez de la toison.
Les Cignes tout joyeux font du bruit à la porte,
Qui par tout resplendit de l'or qui s'y transporte.
Cette demeure est digne apres tant de clarté.
Que la Deesse y vienne avec sa Majesté.
Des Astres les plus purs elle est mesme estimée,
Les Marbres de Libye ont sa gloire charmée.
Là, de Lacedemone on mit les rocs plus durs,
Verdoyans tout autour pour encruster les murs.

L'Onyce y resplendit sur les moindres ouvrages !
Mais la pierre Marine y donne ses suffrages.
Le Porphire & le Iaspe y portent des couleurs
Qui feroient de l'envie à la tainte des fleurs.
Des voûtes l'on y voit en maints lieux suspenduës
Sur les Pilastres hauts qui vont chercher les nuës.
L'or Dalmatique y luit aux Portes & Lambris,
Où la fraischeur de l'Ombre apporte des abbris.
Les rayons du Soleil dans un bois magnifique
N'y peuvent penetrer le fort du bois antique.
Là, dans le marbre on voit comme dans des ruisseaux
Des fontaines d'eau vive entre maints arbrisseaux.
La Nature y conserve en ses vicissitudes,
Ses dons plus precieux avec ses habitudes.
Le Chien Celeste y gele : & la grande chaleur
S'y produit de l'Hyver sans causer de douleur.
Venus eut grand plaisir de voir toutes ces choses
Porter en chaque temps les délices des roses,
Elle s'en réjoüit comme pour son repos
Quand sortant de la mer, elle vint en Paphos,
Ou qu'elle fust venuë au sejour d'Idalie,
Ou sur le Mont Eryx regardant l'Italie.
Or la rencontrant seule (elle l'estoit tousiours)
Elle l'aborde ainsi, luy tenant ce discours.
Quoy ! tousiours dans le lit sans nulle compagnie ?
Faisant ainsi perir une gloire infinie ?
Iamais à vos costez n'aurez-vous de mari ?
Ie ne vous parle point d'un jeune favori.
Quelque jour vous verrez, perdant vostre jeunesse,
Que vous aurez regret d'entrer dans la vieillesse.
Servez-vous, croyez-moy, des dons que la beauté
Vous départ maintenant avec la nouveauté.
En me donnant à vous avec tant davantages
Ie me suis attenduë à de meilleurs usages.
Et vostre beau visage a-t-il esté formé
Avecque tant de soin s'il ne doit estre aimé ?

Si vous deviez passer dans un estat de Veuve,
Vos beaux jours seroient-ils pour en faire l'épreuve?
Sans mentir, c'est assez, & peut-estre c'est trop
D'avoir méprisé ceux qui couroient au galop,
Pour atteindre à l'honneur de vous rendre service,
Employant à ces soins un cœur sans artifice.
Mais celuy-cy vous aime, entierement acquis,
Sans manquer de Noblesse, & de ses dons conquis.
Il est tout plein d'esprit, bien fait de sa personne,
Et tous ses beaux Vers tout le monde s'étonne.
On les apprend par cœur, tout le Peuple les sçait,
Et de sa facilité fait voir comme il les fait.
Vous le verrez un jour dans la grandeur Romaine
Ioindre à douze faisceaux la pourpre souveraine.
L'Empereur fait état d'éxercer ses bontez,
Manifestant pour luy ses justes volontez.
Dés cette heure il connoist le lieu des exercices,
En l'honneur de Cibele où l'on bannit les vices.
Et là, de la Sibyle Eubée il lit les Vers
Pour marquer son genie en des genres divers.
Le Pere des Latins permet à ce jeune homme
Le vestement de pourpre & l'habit qu'on renomme.
Et le siege d'yvoire où devant estre assis
Il dira les lauriers sur les Daces conquis.
Courage, Recevez son illustre alliance,
Seriez-vous difficile à la condescendance?
Quels Peuples n'ai-je point soûmis à mon flambeau?
Rien n'y peut resister mesmes dans le tombeau.
A mon divin pouvoir les Oiseaux & les Bestes
Ne sçauroient empescher sur eux tous mes conquestes.
La Terre ouvre son sein, & j'y répans le Ciel,
Je les marie ensemble, & fais l'essentiel,
Quand un nuage épais y décharge la pluye,
Qui rend son sein fecond bien plus qu'il ne l'ennuye.
Ainsi le monde on voit tres-souvent rajeunir,
Quand de dons abondans chacun le voit munir.

D'où ſeroit arrivé, ſi quelqu'un m'en doit croire,
Celuy qui des Troyens fut la plus grande gloire?
Ce Heros qui ravit par un larcin pieux,
D'entre tous les Troyens les Images des Dieux?
Leurs Simulachres ſaints ſauvez d'entre les flâmes,
Si je n'euſſe honoré les Phryiennes trames?
D'où le Tibre Toſcan ſe ſeroit-il vanté,
Des deſcendans d'Enée en ſon bord frequenté:
Qui de Rome euſt chanté la gloire capitale,
Si la Veſtale Ilie en ſa beauté fatale,
N'euſt donné de l'amour à l'invincible Mars,
Où ſans y reſiſter je ſoumis tous ſes darts?
La Deeſſe adoucit par ce diſcours affable
Son inclination qui devint plus traitable.
Les préſens de l'Amant, ſes larmes, ſes ſoupirs,
Luy mirent en l'eſprit de plus juſtes deſirs.
Elle écoute avec ſoin le doux air d'Aſterie,
Et de ce qu'on chanta dans chaque galerie.
Le recit d'Aſterie elle conte à loiſir,
Et prend en l'écoutant un extrême plaiſir.
Aſterie en tous lieux reſonne à ſes oreilles:
Et la nuit & le jour elle en dit des merveilles.
En ſa bouche elle porte auſſi ſouvent ce nom
Qu'au jeune Hilas Alcide acquit un grand renom.
Elle conſent enfin qu'elle ait plus de tendreſſe,
Et que ſa dureté le cede à ſa Nobleſſe.
Heureux entre tous ceux qui font de ſi beaux Vers,
Puis qu'eſtant parvenu par des chemins divers
Vous aviez imité ce fleuve de l'Elide,
Qui pour ſa belle Nymphe eut une ame intrepide,
Pour paſſer en Sicile en traverſant la Mer
Par un cours ſubmergé, ſans ſe voir abyſmer.
Cependant il va boire à la ſource limpide,
Où la belle Nayade étend ſon bras humide,
Ravie enfin qu'elle eſt de ſes baiſers charmans,
Qui marquent tant de gloire entre tous les Amans.

Quel jour fut celuy-là pour vous Poëte illustre,
Que vous devez aux Dieux pour croistre vostre lustre?
Mais enfin, dittes-nous quel jour fut celuy-là,
Qui vous fit tant de biens, admirable Stella?
De quelle sorte aussi furent remplis de joye
Les cœurs de vos Amis où le plaisir se noye,
Quand on vit tout promettre à l'objet de vos vœux,
Qui vous fit esperer que vous seriez heureux?
Il crut en ce moment qu'il voloit sur les nuës,
Et qu'il vit dans les Cieux les Spheres toutes nuës.
De sorte que bien moins de plaisir fut au cœur
Du Berger Phrygien quand il se crut vainqueur
Du tresor esperé sur les rives d'Eurote,
Quand de la belle Helene, il enrichit sa flotte.
Tempé ne vit jamais Pelée aussi content,
Quand Chiron pour Thetis parut tousiours constant.
O Dieux que de longueur à discerner sans voiles,
Dans un temps si serain, les brillantes Etoiles!
Mais si-tost qu'Apollon & Bacchus pour Stella,
Virent qu'on préparoit sa chambre en ce lieu-là,
Celuy-cy de Delos fit émouvoir ses troupes,
Et cet autre de Nise emplit les grandes coupes.
Pour l'un l'on vit la joye aux jours delicieux,
De Tymbrée & Parnasse où s'assemblent les Dieux.
Pour l'autre, l'allegresse, on connut sur Ismare,
Sur Naxe & sur Pangée où chacun se prépare.
Ils allerent ensemble au logis desiré,
Pour honorer la Feste où tout est preparé.
Celuy-cy prit sa Lyre & son archet d'yvoire.
Cet autre sa peau fauve, & son Thyrse de gloire.
L'un entoure son front de branches de laurier,
Et l'autre est couronné d'un cercle marinier.
La fille de Minos porta cette Couronne
Rayonnante par tout de l'or, qui l'environne.
A peine on vit parestre au monde l'œil du jour,
Que des Nopces on prit des présages d'amour.

L'une & l'autre maison parut lors toute en joye,
Dans sa magnificence avec l'or & la soye.
Les portes des logis s'entourent de festons,
Et des feüillages verds parent tous les Cantons.
Les feux sont allumez en chaque endroit des ruës
Pour les Ieux d'allegresse élevez jusqu'aux nuës.
Les honneurs de l'Empire avecque les faisceaux
Viennent de toutes parts précedez de flambeaux.
La Pretexte s'y voit avec le Peuple en foule,
Qui presse d'un costé, quand de l'autre il s'écoule.
Icy le Chevalier ne s'en exempte pas :
Et là, les jeunes gens portent aussi leurs pas.
Les Dames à l'abord y trouvent de la peine :
Et des deux l'alliance à sa fortune pleine.
Hymenée appuyé sur le lit Nuptial,
Déja depuis long-temps conçoit un chant royal.
Iunon aux deux Amans a donné les Ceintures :
Et la Concorde unit les deux cœurs sans mesures.
Enfin voicy le terme & le jour solennel,
Que l'Epoux dise seul son bon-heur éternel.
Qu'il chante de la Nuit les merveilleux Mysteres,
Qui de luy seul connus ont de doux carracteres.
Ainsi la chaste Ilie éprise du sommeil
Est de Mars carressée attendant son réveil.
Mars sur le bord du fleuve ainsi la voit trompée,
Et la Vestale vit sa race anticipée.
Lavinie est moins belle en colorant son taint,
Quand d'un rouge vermeil sa neige au jour se paint,
Du Prince Rutulois se voyant regardée,
Auprés des saints Autels par son Pere gardée.
La Vierge Claudia n'eut point tant de beauté,
Quand avec sa Ceinture on vit la nouveauté,
Ebranlant le Navire échoüé dans le Tibre,
Avec son air galand d'une maniere libre.
Que les Poëtes saints celebrent maintenant
Cette réjoüissance & d'un air surprenant.

Vous principalement, Ecrivains d'Elegies,
Donnez-nous de vos Vers pour les saintes Orgies,
Dans la solemnité de l'Himen desiré,
Que nous celebrons tous, Dieu qu'il est admiré.
Sans mentir Philetas & le vieux Callimaque
Eussent fait en ce jour une guerriere attaque.
Properce eust souhaité de le loüer aussi.
Ovide l'eust chanté sur le Danube ainsi.
Et, pour ce feu Tibulle eust estimé sa veine,
Comme une riche source autant qu'elle estoit saine.
De mon costé seroit-ce une inclination,
Qui m'oblige à chanter une telle action ?
Mes Muses, je le croy, sont aux vostres semblables,
Leur union, Stella, les rend considerables,
Ensemble nous avons au pied des Immortels
Chanté des airs divins devant les saints Autels.
Nous avons bû tous deux les eaux vives des sources,
Qui soûtiennent la force aux plus penibles courses.
Mais vous Violentile, admirable en sçavoir,
Ma Parthenope seule au Ciel vous a fait voir.
Oüi, de mon cher païs vous possedez la gloire,
Et Naples pour cela toûjours s'en fait accroire.
Que la Nymphe Sebete en tire de l'honneur,
Préferable au sejour de Sarne en son bon-heur,
Pour avoir eu l'estime & l'amour de Pompée,
Ne pouvant estre mieux, à mon sens occupée.
Donnez donc à l'Empire une posterité,
Qui s'applique au sçavoir selon sa qualité.
Qu'elle apprenne les loix, & qu'allant à la guerre,
Elle fasse trembler le reste de la Terre.
Qu'elle se divertisse à faire de beaux Vers,
Loin de l'ambition qui trouble l'Univers.
Que le dixiesme Mois soit hasté par Cynthie,
Pour oster à l'Epouse une peine sentie.
Mais que Lucine encore en oste les douleurs,
Epargnez, mon mignon, vostre Mere & vos pleurs,

Sans

Sans estre cause aussi que son beau sein s'abbaisse.
Puis la Nature ayant formé vostre tendresse,
Que sur vostre visage & dans vos actions,
On vous connoisse agir dans les perfections
De celuy qui doit estre aujourd'huy vostre Pere,
Tenant encore plus des traits de vostre Mere.
Mais vous Belle personne, enfin gardez le prix
D'un Epoux genereux, la gloire des Maris,
Qui de si longue main merite vostre estime,
Ayant tant recherché vostre Amour legitime.
Ainsi fassent les Dieux qu'avec vostre beauté
Vos traits & vostre taint gardent leur nouveauté.
Qu'ils ne perdent jamais les fleurs de la jeunesse,
Et qu'ils sentent fort tard le poids de la Vieillesse.

Quant au second Livre des Sylves de Stace, voicy ce que le Poëte en a dit luy-mesme dans sa Préface addressée à Melior Atedius.

LA familiarité que j'ai trouvée auprés de vous me donne de la joye, & la condition des petits Ouvrages que je vous présente est telle, que tout ce second Livre est attendu, sans que j'y aye fait d'Epistre, O MELIOR, *le meilleur de tous les hommes, & qui n'estes pas moins poli que vous estes judicieux en toutes choses. Ie le commence dans les seuls ressentimens que i'ai de vostre amitié, qui m'est précieuse, par un Poëme que i'ai fait pour le ieune Glaucias, dont ie cherissois l'agreable ieunesse, & que ie puis dire avoir esté telle qu'elle se trouve d'ordinaire aux enfans qui ne vivent pas long-temps. Vous sçavez que dés qu'il vous fut osté, afin de vous consoler d'une perte si considerable, ie le celebrai par un chant lugubre avec tant de diligence, que i'eus besoin de toute vostre courtoisie & de toute vostre affection pour excuser une précipitation si grande. Ce n'est pas que ie m'en veüille glorifier devant vous, qui n'en pouvez douter, mais pour le faire connoistre à d'autres, afin que cette piece ne soit pas examinée avec trop de ſeverité, l'ayant écrite au fort de la douleur & dans tout le trouble d'eſprit qu'elle me pouvoit cauſer, comme il n'y avoit preſque point de conſolation de reſte pour moy ſur ce ſujet. La deſcription de la Maiſon de Surente qui appartient à mon cher Pollius, que je mets enſuite, devoit eſtre écrite, ſans doute, avec plus de ſoin, puis que je l'ay faite en l'honneur de ſon éloquence : mais, comme il eſt mon Ami, il excuſera facilement mes defaux. Vous ſçavez, Melior, que j'ay fait aſſez promptement deux petits Ouvrages, qui ne ſont gueres plus longs que des Epigrammes, ſur un arbre que vous aimez, & ſur un Perroquet.*

LE QVATRIESME POEME DU SECOND LIVRE DES SILVES DE STACE,

Sur la Mort du Perroquet de Melior. V. 37.

Cette piece se pourra mettre en comparaison de la sixiéme Elegie du Livre des Elegies d'Ovide, où ce Poëte déplore ingenieusement la mort du Perroquet de Corinne.

ROY des vistes Oiseaux, delices de ton Maistre,
Perroquet dont la voix t'a fait si bien connestre,
Par le langage humain que tu sçeus imiter;
Quel Destin envieux te fit ces dons quitter?
Tu vins souper hier avec nous plein de joye,
Et la mort aujourd'hui t'entraîne dans sa voye;
Nous te vismes à table auprés de nous saulter
Pour de legers appas qu'on te vouloit oster.
Plus de minuit passé, tu courois sur les sieges,
Sans te croire en danger de tomber dans des pieges.
Tu nous entretenois d'un langage charmant:
Et tu disois des mots en ce mesme moment
Que l'on t'avoit appris de certaine sentence:
Mais helas! aujourd'huy toute ton éloquence
Se trouve suffoquée, effet triste du Sort,
Par l'éternel silence à l'heure de la mort.
Que des Cignes divins auprés de nos murailles,
Pour Phaëton peri chantent les funerailles,
Ou qu'ils n'en disent rien; c'est sans comparaison.
Mais, pour toy quelle estoit ta superbe maison?

Beaucoup en ont parlé ſous l'éclat des Tortuës,
Que l'Inde nous apporte en pieces rebattuës.
Des baſtons de vermeil en balluſtres ſerroient
D'autres baſtons d'yvoire où des nœuds ſe lioient.
Les coups de bec frequents, qu'à ces riches barrieres
L'Oiſeau pour s'égayer donnoit en cent manieres,
Les faiſoient reſonner, & toutes aujourd'huy,
Semblent plaindre ſa perte & marquer leur ennuy.
Cette Priſon heureuſe eſt maintenant vacante :
Tout, pour elle eſt perdu par la mort ſurprenante.
De l'étroite maiſon, les cris ſont élargis :
On n'entend plus de bruit dans le petit logis.
Que les doctes Oiſeaux que la nature ordonne,
Pour uſer de la voix dans l'eſprit qu'elle donne,
S'aſſemblent tout autour, & l'aillent conſoler,
Par la facilité qu'ils ont de bien parler.
Que l'Oiſeau [1] d'Apollon y faſſe au long ſes plaintes,
Que l'Etourneau recite auprés de luy ſes faintes,
Auſſi bien que la Pie, & celles qu'autrefois
On vit petits Oiſeaux qui volent dans les bois.
La Perdrix qui le ſon de ſa voix reïtere,
Et la Sœur qui ſe plaint du Thracien Corſaire,
Apportez en ce lieu tous vos gemiſſements
Au funebre Buſcher, comme triſtes Amants.
Conduiſez voſtre ami ; c'eſt pour ſes funerailles,
Qu'il faut pour l'honorer tirer de vos entrailles
Ce recit lamentable, en Vers tels que ceux-cy.
Apprenez-le par cœur, & prononcez-le ainſi.
  Le Perroquet eſt mort, qui fut l'illuſtre gloire
Des Peuples qui dans l'air exercent leur memoire,
Le Roy veſtu de verd des Plages d'Orient,
Que [2] l'Oiſeau de Iunon avec ſon air riant,
Ne ſçauroit ſurpaſſer par ſon riche Plumage,
Non plus que le Phaiſan, & la Poule ſauvage.

1 C'eſt le Corbeau. 2 C'eſt le Paon.

Cet admirable Oiſeau qui ſaluoit les Grands,
Qui meſmes de Ceſar diſoit de temps en temps,
Le nom qu'il repetoit, non pas ſans artifice,
D'un veritable Ami faiſant le bon office.
Il plaiſoit à ſon Maiſtre en prenant ſes repas.
Tout ce qu'on luy diſoit, il le repetoit bas,
L'apprenoit aiſément, puis rompant le ſilence,
Tu n'eſtois jamais ſeul l'ayant en ta preſence,
Renfermé dans ſa Cage, ô mon cher Melior:
Mais il ne deſcend point entre les Morts encor,
Sans avoir icy haut acquis beaucoup de gloire.
Il eſt bien digne auſſi qu'honorant ſa memoire,
Ses Cendres de l'Amome & de bois précieux.
Forment en s'y mélant un Baûme gracieux.
De graines d'Arabie, on verra ſon Plumage,
Exhalter les Odeurs, pour orner ſon paſſage.
Le Saffran de Sicile en ſera le garand,
Et de l'unique Oiſeau le bûcher odorant.

LE SEPTIESME POEME DU SECOND LIVRE DES SILVES DE STACE,

De 155. V.

Il est intitulé Genethliaque pour le jour de la Naissance de Lucain, *dont Stace luy-mesme a dit dans sa Préface.*

Le Poéme Genethliaque pour Lucain fait la conclusion de ce Livre, sur ce que voulant consacrer le jour de la Naissance d'un Personage de si grand merite, Polla Argentaria, qui est si spirituelle & si considerable entre toutes les Dames de son temps, trouva bon qu'il luy fust attribué. Certes je n'ai pû marquer la veneration que j'ai tousiours eue pour un Autheur si rare, qu'ayant à celebrer ses loüanges, j'aye apprehendé de l'entreprendre, en me servant de Vers Exhametres.

Voicy la version du Poëme Genethliaque.

SI dans l'Achrocorinthe, éloignant la terreur,
Quelqu'un se trouve épris d'une docte fureur,
Sur les Monts dédiez à la belle Dione,
Où sa Divinité fait respecter son Thrône:
S'il a bu dans les Eaux du Pegaze volant,
Qu'il vienne, sans se faire un effort violent,
Celebrer l'heureux jour de la belle naissance
De LUCAIN, dont Cordoüe éleva l'esperance;
Toy chez qui se conserve avec les grands concerts,
Et la douce Musique & l'esprit des beaux airs,
Fils de Maïe Inventeur de la Lyre parlante:
Bacchus qui charmes seul la fureur vehemente

Des Bassarides Sœurs dans leur emportement:
Toy, divin Apollon, & vous également,
Muses, qui cherissez les Sommets de Parnasse,
Reprenez vos Concerts par qui tout deüil s'efface.
Que des cordons de pourpre attachent vos cheveux:
Mettez-y des parfums, favorisant nos vœux:
Que les Lierres verds servent de broderie
Sur vostre vestement d'une étoffe fleurie.
Que puissions-nous d'icy voir couler les Ruisseaux,
Qui portent la Science avec leurs belles Eaux.
Que les Bocages saints de la docte Aonie,
Redoublent leur éclat & leur gloire infinie:
Ou, si l'on voit du jour sous leurs ombrages verds,
Comme il peut arriver, se trouvant découverts,
Qu'il soit incontinent rempli de nos offrandes,
Soit de bouquets de fleurs, ou de quelques Guirlandes.
Cent Autels de parfums dans les bois Thespiens
S'y fassent à l'envi par les Aoniens.
Que dans l'eau de Dircé cent Victimes soient mises,
Et que de Citheron quelques autres soient prises:
Nous avons à chanter de Lucain la grandeur,
Ses loüanges, son nom, & sa divine ardeur.
Muses, favorisez nostre sainte entreprise,
Pour chanter un grand nom, que Rome favorise,
Il a tousiours pris soin dans ses desseins divers,
De marquer vostre gloire en sa Prose, en ses Vers.
L'honneur qu'il en reçoit, est selon son merite;
Et rien ne luy fait tort de ce qu'il prémedite.
Terre heureuse, qui vois la cheute du Soleil,
Quand dans le fonds des Eaux, il fait place au Sommeil,
Qui t'apperçois du bruit, que font aussi dans l'onde
Ses Aixieux enflammez, venant de luire au monde:
Qui par tes Oliviers dans Athenes connus,
Provoques de Pallas les meilleurs revenus.
Province trop heureuse en la Paix, en la Guerre,
Que tu dois esperer d'estime sur la terre,

Pour avoir enrichi de l'esprit de Lucain,
Et l'Espagne Betique, & l'Empire Romain,
Qui te fait plus d'honneur, que d'avoir mis au monde
Seneque si fameux, chez qui la gloire abonde!
Où Gallion son frere, avecque sa douceur,
Qui de la probité fut toûjours defenseur.
Que le Betis plus grand que le Melés de Grece
Eleve jusqu'au Ciel sa divine Sagesse.
O Mantouë, aprés tout, tu dois bien te garder
De corrompre ses Vers, qu'il ne faut point farder.
Dés que dans ce Païs, il eut pris sa naissance,
Où d'abord il poussa les cris de son enfance,
Calliope elle-mesme entre ses bras le prit:
Et, pour se consoler d'un aussi bel Esprit
Qu'estoit celuy d'Orphée en déplorant sa perte,
Elle dit; ô mon fils, si ta vie est soufferte,
Consacrée à servir, & moi-mesme, & mes Sœurs,
Tu dois en peu de temps surpasser les douceurs,
Et le renom fameux des anciens Poëtes.
Tu n'émouveras point dans le païs des Getes,
Les Fleuves, les Rochers, les Bois, les Animaux,
Par la Lyre puissante à charmer tous les maux,
Mais ce seront sept Monts, qui dans les murs de Rome
Façonnent des lauriers que par tout on renomme.
Ce sera le grand Tibre aussi cheri de Mars,
Qu'est le Peuple Romain sous ses grands Etendars.
Que d'autres inspirez chantent les feux de Troye,
Les voyages d'Vlysse, & sa maison en proye:
Ces choses ont esté redites bien souvent.
Qui n'en est point instruit? Qui n'en est point sçavant?
Toy, mon Enfant, si cher à toute l'Hesperie:
Celle de quï la force au pouvoir se marie,
En te touchant le cœur par des motifs divers,
T'obligera pour elle à faire de grands Vers,
Pour la puissante Rome, & pour la Republique,
Quand de bonne heure épris de l'ardeur Poëtique,

Tu

Tu feras comme un jeu de la valeur d'Hector,
Et de celle d'Achile armé d'un pavois d'or.
Pour fléchir par présens l'acier d'un cœur avare,
Tu feras voir Priam aux pieds de ce Barbare:
Ton adresse ouvrira la porte des Enfers,
Qui mon Orphée occupe accablé de ses fers.
Tu seras préferé par le Peuple au Theatre
A Neron que ce Peuple imprudent idolatre.
Tu chanteras les feux que ce Tiran cruel,
Fit allumer par tout, d'un dessein criminel.
Tu ne t'abstiendras point, par une humeur jalouse
De dire les vertus de ton illustre Epouse.
Delà, plus avancé dans la fleur de tes jours,
Vn Ouvrage plus grand commencera son cours.
D'un langage plus fort tu diras de Pharsale,
Apres de longs travaux, la bataille fatale,
Les Romains massacrez, les foudres de Cesar,
Son orgueil triomphant élevé sur un Char,
Le grand cœur de Caton, la valeur de Pompée,
Dont le Peuple honora sa gloire anticipée,
Comme bon Citoyen, tu plaindras son mal-heur
Du jeune Egyptien, extréme deshonneur:
Du sang du vieux Lagus tu haïras le crime:
Et par ton éloquence, & par ta grande estime,
Tu feras à Pompée un Sepulchre plus grand,
Que ce qui dans l'Egypte (où presque tout surprend)
Se voit aux bastimens des hautes Pyramides,
Qui pourroient découvrir les Palus Meotides.
Dans ta jeunesse enfin, ces choses tu feras,
Dont les peuples ravis ne seront jamais las.
Et tout cela plutost que le divin Virgile
Ne fit son Moucheron, l'ébauche de son stile:
Si bien que d'Ennius la barbare grandeur,
La fureur de Lucrece, & la docte splendeur
De celuy qui sceut l'art de marquer au Navire
De ces jeunes Heros, le sujet de sa Lyre,

Pour aller conquerir une riche toiſon,
Qui donna tant d'honneur & de gloire à Iaſon :
Et cet autre qui fit aux corps de la Nature
En d'autres ſe changer par une loy qui dure ;
Te cederont ſans peine, & je ne doute pas,
Que meſme l'Eneïde, avec tous ſes appas,
N'ait pour toy du reſpect comme beaucoup d'eſtime :
Car de te negliger, luy paroiſtroit un crime.
Tu n'auras pas de moy dans ces genres divers
Seulement la penſée & le tour des beaux Vers,
La grande netteté ; mais, pour eſtre contente,
Ie te ferai l'Epoux d'une femme ſçavante,
Et telle en verité, que l'aimable Venus,
Te la pourroit donner de ſes treſors connus,
Telle encor que Iunon, avec la modeſtie,
Te la pourroit choiſir, d'opulence aſſortie,
De propreté, de grace, &, de ce qu'on ſçauroit,
Prendre pour un ſujet qu'honorer on voudroit.
Et je feray moy-meſme avec des champs de joye,
Vn voile pour l'Hymen, tiſſu d'or & de ſoye.
Mais, felicité vaine ! ô deſtin rigoureux !
D'où vient qu'aux grands ſujets, l'on eſt ſi malheureux !
Pourquoy, plus la Fortune au monde eſt élevée,
Plus elle eſt en danger de ſe voir captivée ?
Puiſque ta dureté menace d'accidens
Les merites connus, entre mille incidens.
Dans un Sepulchre étroit la grande Babylone,
Du fils de Iupiter enſevelit le throſne.
Ainſi parut tomber ſous la main de Pâris,
Celuy par qui l'on vit les Phrygiens peris.
Thetis en eut horreur, & du fils de Pelée,
Elle vit le trépas, ſans eſtre conſolée.
Le long de l'Hebre ainſi, ſoupirant, je ſuivois
La teſte de mon fils, qui charma de ſa voix
Les Arbres, les Rochers, & les Beſtes ſauvages.
Et quand tu chanteras ainſi les grands Courages,

Dans les combats fameux, les ordres te viendront
De perir au moment que d'autres periront.
O crime d'un Tiran, que sa fureur opprime!
Mais tu consoleras par une voix sublime
Des tombeaux reverez (déplorable malheur!)
Puis tu seras contraint de finir ta douleur.
La Muse en cette sorte exprima sa pensée;
Elle essuya ses pleurs sur sa Lyre offensée.
Mais, soit que dans le Ciel ton merite t'ait mis,
Pour regarder d'enhaut les Sepulchres amis:
Soit qu'en ton ame heureuse aux bocages paisibles
Des champs Elysiens, aux seuls bons accessibles,
Tu demeures content parmi les Vertueux,
Et tous les gens de bien, dont le sort est heureux,
Où les peuples défaits aux combats de Pharsale,
Se trouvent assemblez dans leur cheute fatale,
Avec le grand Pompée, & ses Fils, & Caton,
Qui sont auprés de toy dans un mesme canton:
Tandis que de ta voix, pour un Poëme illustre,
Tu fais un grand recit, qui te donne du lustre;
La grandeur de ton ombre & ton cœur genereux
T'éloignent du Tartare & des lieux malheureux.
De loin tu les entens ces inhumains coupables,
Qui se sont signalez par des faits detestables:
Tu regardes de loin la pâleur de Neron
Au flambeau dont la mere éclaire l'Acheron.
Viens avec la splendeur qui là-bas t'environne:
Que les Dieux du Silence, où le sort t'abandonne,
Te permettent encor de reparoistre au jour,
Pour revoir ta Polla, l'objet de ton amour,
Puis qu'elle t'en conjure, & certes cette porte,
S'ouvre ordinairement aux Dames de sa sorte,
Quand leurs dignes Epoux retournent des Enfers,
Apres de grands soûpirs, & maints ennuits souffers.
Rien ne la fait changer dans ses ceremonies,
Où se meslent les jeux avec les symphonies.

Pour honorer ainſi les Feſtes de Bacchus,
Mais c'eſt toy qu'elle honore, & tous ſes vœux conceus
Sont pour le ſeul objet de ton amour fidelle:
Ton portrait la conſole, & tu dois n'aimer qu'elle.
Mais que demandes-tu, mort ſi certaine à Tous?
Ce jour eſt ſa naiſſance; épargne ton courroux.
Que le deüil vehement nous laiſſe ce lieu libre,
Des pleurs doux vont couler ſur les rives du Tibre.
Et l'amere douleur icy doit adorer
Ce qu'elle avoit n'aguere entrepris de pleurer.

Cette piece doit faire rougir quelques-uns des Noſtres, qui penſent faire de plus beaux Vers Latins que Lucain.

Voicy encore quelques lieux de Stace. Le premier qui s'offre eſt de la 4. Sylve du 4. l. &c.

DE LA QVATRIESME SILVE DV QVATRIESME LIVRE DE STACE.

Où ce Poëte, qui l'adreſſe à Marcellus, luy parle ainſi de Virgile, apres le Vers 51. En egomet ſomnum.

QVelquesfois pour chercher un lieu propre au ſommeil,
Sur le point que l'on voit s'abbaiſſer le Soleil,
Me promenant autour de cette belle Coſte,
Où Parthenope fait une Ceinture haute,
Pour un Port admirable à la Marine ouvert
Elle me ſollicite & m'offre le couvert.
Là, d'un poulce ſçavant je touche ſur ma Lyre,
Des accords délicats, pour qui l'amour ſoûpire.
Aprés, me repoſant juſtement à l'endroit
Du Temple de Virgile, où ſon Tombeau paroit,

I'attens que ce grand Homme, à mon ame blessée
Inspire en son ardeur quelque noble pensée.
Puis je dis à mon Maistre auprés de son Tombeau
Quelques Vers éclairez de son divin flambeau.

C'est donc ainsi que Stace parle tousiours avec tres-grand honneur de Virgile, & qu'il a dit dans sa 3. Sylve du 5. Livre, au sujet de la mort de son Pere,

Sa pieté vouloit m'égaler à Virgile,
Si dans son stile mesme, il eust esté facile.

Il dit encore dans son action de graces à l'Empereur Domicien au sujet d'un festin somptueux, faisant allusion à Virgile, par ces mots de l'une de ses Silves dans le 4. Livre *Regia Sidonio*.

Celuy, qui par son Art dans les Champs de Laurente,
A du Prince Troyen si bien peint la descente,
De la Princesse Elise a chanté le festin:
Et dans sa Coupe d'or il a versé le Vin.

Il ne faut pas obmettre ce qu'il écrit au sujet de Virgile dans le dixiesme Livre de sa Thebaïde, apres avoir parlé de l'action memorable d'Hoppleus & de Dimas, qui firent l'entreprise pour reconquerir les corps de Tydée & de Parthenopée abandonnez des Ennemis apres avoir esté tuez dans le Combat, dont il fait comparaison à l'entreprise Nisus & d'Euiyalus dans le neuviéme Livre de l'Eneïde. Voicy comme il en acheve le recit. *Vos quoque sacrati*, &c.

Vous serez consacrez à la Posterité,
Vostre nom passera dans l'Immortalité,
Encore que mes Vers que ma main vient d'écrire
Ne soient pas exprimez sur la premiere Lyre.
Par leur moyen pourtant, comme par vos Exploits,
Des Siecles les plus durs, vous briserez les Loix:
Et, peut-estre en mourant que l'ombre d'Euryale,
Et que de Nise aussi la franchise loyale,
Ne s'offenceront pas dans les lieux du repos,
Que prés d'elles on joigne aussi d'autres Heros.

Il faut beaucoup moins obmettre cette grande loüange qu'il donne à l'Eneïde de Virgile sur la fin du douziéme Livre de la Thebaïde. *Et meam iam longo*, &c. V. 809.

Ayant long-temps vogué sur une vaste Mer
Mon Navire entre au Port de crainte d'abismer.
Mes Vers seront chantez, &, sans que je présume,
On lira tes écrits, ô ma fidelle plume.
Déja le grand Cesar a bien eu la bonté,
De te vouloir connoistre, ayant quelque beauté.
Pendant douze ans entiers, & par de longues veilles,
Il est vray qu'on a dit que bien peu tu sommeilles:
Et certes ton merite obtiendra le bon-heur
De durer apres moy long-temps avec honneur.
Mais n'entrepren jamais, ma chere Thebaïde,
D'égaler par tes sons la divine Eneïde:
Non, non, c'est bien assez de la suivre de loin:
Et, par là seulement, tu consoles mon soin.
Connoissant ses Vertus que personne n'ignore,
Ses pas, ses dignes pas incessamment adore.
Puis, si l'envie aspire à noircir ton éclat,
Elle perdra sa force avec son attentat:
Et quand je seray mort l'honneur que je merite,
Couronnera ma Cendre au sepulchre reduite.

FIN.

Ce qui suit est une Version de pieces choisies de quatre Poëtes illustres. Lucain, Silius Italicus, Valerius Flaccus & Claudien: Du premier desquels je fis une Version en Prose dés l'année 1623. laquelle s'estant imprimée deux fois depuis dans les années 1647. & 1654. quelques-uns s'en sont servis. Et voicy ce que j'en ay fait encore depuis en Vers.

LVCAIN,

DONT L'ELOGE A ESTE' RAPPORTE' cy-devant dans la Version du septiesme Poëme du second livre des Silves de Stace, en la page 110.

Le commencement de la Pharsale de Lucain répondant aux 70. premiers Vers de son premier Livre, contenant la proposition de ce grand Ouvrage : Les considerations que le Poëte fait sur les miseres & les suites funestes des guerres Civiles, dont il fait semblant neantmoins de se consoler par les grandes qualitez de Neron : mais en effet il se moque de luy par ses loüanges excessives, sous pretexte de l'honorer.

DEs Champs Emathiens, je chante les Victimes,
La fureur des Combats, la licence des Crimes,
Vn Peuple aussi puissant qu'il se montre inhumain,
Qui dans son propre sang trempe sa forte main :
Guerre plus que Civile, où d'étranges querelles
Emurent l'Univers par des haines mortelles,
Quand les Romains rangez sous mesmes Etendars,
On vit Aigle contre Aigle : on vit dars contre dars.
Quelle étrange fureur, quelle horrible manie
Vous porte, Citoyens, dans la belle Ausonie
A verser vostre sang (douleur de l'Univers !)
Pour mettre contre vous tant de peuples divers ?
Tandis que l'on devroit dépoüiller Babylone,
Qui sur vostre défaite a relevé son thrône,
Et que sans vous vanger de la mort de Crassus,
Vous souffrez que la Parthe emporte le dessus,
Pour allumer les feux d'une funeste guerre,
Qui ne finiront point qu'en désolant la terre,
Sans que par vos combats vous puissiez meriter
Ni des Chars triomphans, ni de vous raquiter.
Helas ! de quels pays par vos armes maudites,
Eussiez-vous de l'Empire étendu les limites,

Sans le ſang que vos mains dans la guerre ont verſé?
Qui, dans noſtre repos nous auroit traverſé?
Les lieux d'où le Soleil vient éclairer le monde,
Ceux qui les grãds flambeaux du Ciel cachent dãs l'Onde.
Tous les Climats brûlez de la chaleur du jour,
Les païs endurcis du froid qui regne autour:
Le Pont-Euxin gelé du coſté de Scythie,
De qui la dureté n'eſt jamais alentie
Par aucune douceur qu'apporte le Printemps,
De ployer ſous vos Loix ſe trouveroient contens.
Vous ſeriez délivrez de fâcheuſes affaires,
Vous auriez tout conquis dans le Païs des Seres,
Déja dans voſtre Empire avec de grands ſuccez,
Couleroit ſous maints Ponts le Barbare Araxes:
Et ſi du Nil fameux quelqu'un connoiſt la ſource,
Il viendroit vous chercher juſqu'aux climats de l'Ourſe.
Mais ſi Rome aujourd'huy veut de triſtes combats,
Pour l'amour d'une Guerre execrable aux Eſtats,
Ie veux bien luy donner cét avis ſalutaire;
Rome ayant tout vaincu, que ſa main ſanguinaire,
Se faſſe violence, apres que ſous ſes Loix,
Tout le monde verra ployer le col des Rois.
Aujourd'huy cependant, ſi par toutes les Villes,
On voit en Italie accablez ſous des Piles,
Avec leurs toicts briſez les triſtes Habitans:
Si les Murs renverſez marquent les mœurs du temps;
Si beaucoup de maiſons demeurent ſolitaires,
Et ſi l'on en a fait de ſauvages repaires:
Si nos fertiles Champs demeurent ſans moiſſons:
Si l'Heſperie inculte eſt pleine de buiſſons,
Vous ne ſerez point cauſe, Annibal, de ces playes,
Vous ne rendrez jamais nos doleances vrayes:
Pyrrhus ne fera point qu'elles le ſoient auſſi,
Nul étranger n'a pû nous diviſer ainſi.
Mais ſi le Ciel n'a pû trouver une autre voye,
Pour nous donner Neron, qui ſeul fait noſtre joye:

Si les Regnes ſans fin ne ſont point preparez,
Pour les Dieux Immortels en tous lieux reverez,
Que par de grands travaux & des peines diverſes:
Et ſi meſmes le Ciel, ſans beaucoup de traverſes,
Ne ſe pût obtenir par le grand Roy des Dieux,
Qu'aprés qu'il eut frappé les Titans odieux,
Qu'il les eut renverſez de ſa foudre étonnante,
Nous avons grand ſujet d'avoir l'ame contente.
Les crimes & l'horreur des crimes furieux
Nous plaiſent à ce prix, & nous en ſommes mieux.
Que rougiſſent par tout les plaines de Pharſale:
Que des meurtres épais la fureur nous étale.
Que les Carthaginois retournent des Enfers,
Pour s'aſſouvir de ſang & nous voir dans les fers.
Qu'en Eſpagne à Munda l'on donne des batailles:
Qu'on y renverſe encor ſes funeſtes murailles.
Que la faim de Perouſe à ces triſtes Deſtins,
Ceſar y faſſe joindre encore des Mutins,
Avecque maints travaux endurez à Modene,
Sans y mettre en oubli, quand ſur l'humide plaine
On fit couler à fonds auprés de grands Rochers
La Flotte qui perit avecque ſes Nochers,
Et que l'on faſſe encor la guerre des Eſclaves,
Aux pieds du Mont Gibel où perirent maints braves.
Ainſi devons-nous croire, apres tant de ſermens,
Que Rome eſt obligée aux civils mouvemens,
Puis qu'ils ont décidé, que ſans en faire à croire,
Rien de ce qui s'eſt fait, ne l'eſt qu'en voſtre gloire.
Quand icy bas un jour vous aurez éprouvé
Le temps de voſtre regne en tous lieux approuvé,
Vous paſſerez bien tard au quartier des Etoiles,
Où dans de grands Palais, vous ſerez vû ſans voiles;
Vous y ſerez receu de tous les Dieux contens,
Qui vous reconnoiſtront dans la ſuite des temps,
Soit que vous en preniez le Sceptre & la Puiſſance,
Soit que vous deſiriez du Soleil l'excellence,

Pour conduire son Char allumé de ses feux,
Nul ne contestera le moindre de vos Vœux.
Et la Nature accorte autant qu'elle est sçavante
Vous laissera le choix pour former son attente.
Vous prescrirez les rangs élevé dans les Cieux,
Où vous serez fait Roy des hommes & des Dieux.
Quand vous aurez icy terminé vostre course,
Ne pensez point tandis sur le Cercle de l'Ourse
Ni sur le Pole ardent caché vers le Midi,
D'établir le pouvoir de vostre esprit hardi.
Vostre thrône y seroit la gloire d'un grand homme ;
Mais de là seulement vostre divine Rome
Vous ne regarderiez que d'un oblique aspect,
Et ne pourroit vous rendre aisément son respect.
Que si vous pressiez plus d'un costé que de l'autre
L'immense Region qui surmonte la nostre,
L'aixieu de la Machine & du Pole ploiroit
Sous le fardeau pesant, trop foible en cét endroit.
Etablissez-le donc sur le milieu du Monde,
D'où les Cieux ballancez seront fermes sur l'Onde.
Aussi bien rien n'occupe en ce lieu-là le Ciel.
D'ailleurs il est sans tache, & serain & sans fiel :
Et, si l'on nous fait peur d'une fiere puissance,
L'Astre du grand Cesar sera nostre défense.
Que tout le monde alors sans crainte de perir
Mette les armes bas, qu'on a vû trop cherir.
Qu'on songe à son salut, que les peuples s'entr'-aiment,
Et que les Laboureurs en tous lieux les Champs sement.
Que les portes de fer du Temple de Ianus,
Se ferment pour la paix aux peuples inconnus.
Vous estes à mon sens, la Divinité sainte,
Qui nous peut aujourd'huy délivrer de la crainte
Vous recevant ainsi comme tel en mon sein,
I'accomplirai bien-tost mon genereux dessein.
Et je ne voudrois pas mesme comme Poëte,
Invoquer d'Apollon la puissance secrette

Qui révelle tousiours de sublimes secrets,
Quand de l'antre de Cyrrhe il dicte ses arrets
Ni détourner Bacchus, de sa ville de Nise,
Qui les nobles Esprits de ses dons favorise.
Il suffit de vous seul, qui donnez pour les Vers
La force & la douceur, pour charmer l'Vnivers.

Ces Vers sont-ils trop enflez, ou ne le sont-ils pas tant que ceux de quelqu'autre qui les a voulu imiter? Cecy servira pout montrer que c'est une cruauté de dire que Lucain n'est pas Poëte, pour avoir composé une Histoire en Vers, & qu'il languit souvent dans sa Pharsale faute de Genie. C'est se mocquer de parler de la sorte, ou ne s'y connoistre nullement. De dire aussi que Lucain n'a point de Genie, & qu'il languit dans son grand Poëme, cela me passe de telle sorte que je n'y puis rien comprendre: car je pensois au contraire que Lucain n'eust que trop de genie, & qu'il est mesme riche dans toutes ses inventions jusques aux moindres sujets. Quoy! est-il languissant dans ses belles Peintures qu'il fait de la peste, de la soif, d'une famine effroyable, de deux tempestes de Mer, & d'une autre de Terre dans les Sables de Libye? Manque-t-il de genie & d'invention dans sa Prestresse Phemonoé, dans sa Sorciere Ericto, dans sa Bataille de Marseille, dans ses Serpents qui affligent l'Armée de Caton à la sortie du Temple de Iupiter Ammon, dans son Festin de Cleopatre? Virgile qu'on trouve si beau dans sa description de Caeus, doit-il faire trouver laid dans Lucain son combat d'Hercule & d'Antée? Deux dénombremens de peuples differens dans Lucain, sont-ils plus languissans que les deux qui se lisent dans l'Eneïde? Pourquoy ne veut-on pas donner de grandes loüanges aux belles Harangues qu'il jette dans son Ouvrage, & qu'il y jette si à propos?

Ce qui suit est une élegante Description du Luxe du Peuple Romain, laquelle Petrone a aussi exprimée dans son Poëme du Changement de la Republique de Rome.

VERS DE LVCAIN,

Touchant le luxe des Romains, qu'il appelle la septiéme & la derniere cause de la Guerre civi-

le & de la ruïne entiere de la Liberté publique. Tirez du premier Livre de sa Pharsale, à commencer au Vers 150. jusques au Vers 182.

CE sont encore icy des causes de la guerre,
Et de ces feux ardents qui bruslerent la terre,
Les Projets fastueux, l'interest des Puissans,
Et le luxe ennemi des Peuples florissans.
Si-tost que la Fortune eut par maintes détresses
Des Thrônes abbatus apporté les Richesses,
On vit aneantir par tout les bonnes mœurs,
Et les prosperitez envenimer les cœurs.
Aux tributs exigez, aux dépoüilles conquises,
Le luxe des Romains vit les haches soûmises.
Rien ne put assouvir l'avidité de l'or,
A chaque Citoyen il falut un tresor.
On ne vit plus de borne à la magnificence.
De la Valeur guerriere, on blâma l'abstinence.
Par tout on vit briller l'éclat des Ornements,
Et sur les grands habits, & dans les bastiments.
Le Citoyen bannit la pauvreté feconde
En hommes genereux, qui vainquirent le monde.
On fit venir aussi des Climats éloignez,
Ce qui mit contre nous les Peuples indignez.
Alors on voulut joindre à ses bornes antiques,
Des Païs distinguez par des Loix politiques:
L'on étendit les Champs par les mains honorez,
Dont Camille souvent les avoit labourez.
Ceux qui des Curiens avoient souffert les bêches,
Devinrent des Deserts & des Campagnes seches,
Ce Peuple n'estoit plus celuy qui dans la Paix,
N'appliquoit son esprit qu'à chanter de hauts faits.
De là vinrent aussi des querelles funestes,
Des animositez, des troubles & des pestes.
Chacun s'imaginoit qu'il pouvoit aisément
Prometre toute chose à son emportement:

Elever par le fer sa puissance privée
Sur les plus saintes Loix de Rome captivée.
Du Peuple ainsi l'on vit les Decrets méprisez.
Les Tribuns sans credit furent scandalisez.
On vit au poids de l'or par un prix mercenaire,
Achepter les faisceaux du pouvoir Consulaire.
Le Peuple partial parut au Champ de Mars,
Vendre les Dignitez, les Aigles & les Dars.
L'usure vint de là, qui la Paix assassine,
La Tirannie en prit aussi son origine.
La Foy fut violée, & l'insolent Orgueil
Sema par tout les feux, la misere & le deuil.

AVTRES VERS DE LVCAIN,

Tirez du 10. *Livre de sa Pharsale depuis le Vers* 14. *jusques au Vers* 53. *pour montrer le Iugement qu'il fait d'Alexandre le Grand aprés toutes ses Conquestes.*

CEsar n'en parut pas davantage étonné,
Sans croire qu'il seroit pour cela soupçonné.
Il alla visiter entre les Diadêmes,
Les lieux pleins de respect où sont les Dieux suprêmes;
Les Temples somptueux, où leur Divinité,
Faisoit voir aux Mortels sa haute antiquité:
Où s'étaloit de mesme avec magnificence,
Des Macedoniens la Royale puissance.
Mais, sans estre surpris des Images des Dieux,
Ni de ces murs de Ville élevez jusqu'aux Cieux,
Il voulut s'abbaisser dans la Cave profonde,
Où reposoit le Corps du Ravisseur du Monde,
De celuy que Philippe avoit dans sa grandeur
Elevé de son Sang, pour sa propre splendeur.
Mais qui fut surmonté, sous des faintes conçeuës,
Par le Destin vangeur des Nations vaincuës.

Là, si digne de haine est cheri vainement,
Ce corps enseveli dans un tel monument.
La Fortune a long-temps consideré ses ombres,
Et ses soins l'ont gardé dans ces demeures sombres,
Iusques à Ptolemée arrivé le dernier,
Sur le Thrône où son Nom domina le premier.
Que si la liberté reprenoit sa puissance,
Il semble qu'il n'auroit esté dans le silence,
Que pour estre par tout un sujet de mépris,
Comme il fut un exemple en son temps de haut pris
Aux Princes orgueilleux, quand il porta la guerre,
Et dans tout l'Orient, & par toute la terre,
Voulant assujétir sous un seul les Estats,
Et les Peuples puissans, & les grands Potentats.
Sans s'estre contenté des Royaumes de Grece,
Ni de la Macedoine abondante en richesse,
La Maison de son Pere avec sa Nation,
Estoit trop peu de chose à son ambition.
Philippe assujettit pour luy la docte Athenes,
Mais il méprise Athene, & Megare & Mycenes:
Et sentant sa vigueur, ainsi qu'un fier torrent,
Ou qu'un rapide fleuve, il entre en Orient,
Il se jette en Asie, & fait sentir ses armes,
Qui dépoüillent le Peuple & font couler des larmes.
Du Sang des Indiens par des traits odieux,
Il colora l'Euphrate & le Gange en maints lieux.
Il abbat les ramparts, il renverse les Villes,
Desole la Campagne & les Plaines fertiles.
Comme une foudre horrible, étonnement des airs,
Il élance par tout les feux & les éclairs,
Accable en un instant tous les Peuples du monde,
Et son Astre confond de peur la terre & l'onde.
D'une Flotte puissante, il vouloit dans un an,
Loin des Païs conquis traverser l'Ocean,
Sans que ny les ardeurs de la Zone Torride,
Les tempestes de l'air & de l'Empire humide,

Les deserts de Libye, & la sterilité
De Iupiter Ammon, ny l'incommodité,
Peussent faire changer l'imperieuse audace,
De son cœur insensé, pour prendre quelque place.
Et de fait, il alloit aux bornes d'Occident:
De Neptune antipode, il voyoit le Trident.
Il eust tourné possible à l'entour des deux Poles
Vû la source du Nil, & tari cent Pactoles,
Si la Nature sage au milieu de son cours,
N'eust à l'instant rompu la trame de ses jours:
Ayant pû toute seule à ce Roy plein de gloire,
Ou plûtost plein d'orgueil suspendu la victoire.
De l'Empire du monde, il s'est luy-mesme osté,
Par ses vastes desseins, la Souveraineté,
Sans laisser nulle suite à toute sa puissance.
Ses Amis aprés luy divisent sa Regence.
Tous ses Estats conquis entr'eux sont partagez,
Mais en les partageant, les biens sont ravagez.
Quand il fait peur au Parthe, il perit sur le Thrône:
Et c'est le lieu fatal, où le vit Babylone.

Les Peuples d'Orient craignoient alors bien plus
Les Macedoniens pour leurs darts imprévûs,
Qu'ils ne sont étonnez aujourd'huy de nos flêches,
Qui dans les Regions du Nord font tant de brêches,
Qui portent de l'effroy dans les Païs bruslez,
Du costé de Midi, comme aux païs gelez.
Et certes jusqu'aux lieux, d'où naist le vent Zephyre,
Nos Lois ont dominé, comme au cœur de l'Empire.
Nous avons surmonté les fieres Nations,
Excepté que le Parthe a vû nos Legions,
Et qu'il s'en est moqué depuis nostre défaite,
Si funeste à Crassus, dont Rome est inquiete.
Cependant son Royaume à celuy de Pelé,
Bien petit, fut soumis aprés son demeslé, &c.

On auroit ici rangé la Version du Panegyrique de Lucain à Pison, laquelle est de 398. Vers aprés les 261. qui sont dans l'Original, si elle n'estoit imprimée dans le Livre des Catalectes des Anciens en la page 61.

SILIVS ITALICVS.

CE Poëte, perſonne de grande qualité dans ſon temps, a eſté trois fois Conſul Romain, à qui Martial a donné beaucoup de loüanges en divers lieux de ſes Epigrammes: il fut un grand imitateur de Virgile, l'ayant touſiours regardé comme le plus excellent modelle qu'il ſe pouvoit choiſir pour faire de beaux Vers, & pour ſe dreſſer un plan conſiderable, dans le deſſein qu'il avoit conçeu de compoſer un Poëme heroïque. Le ſien donc des Guerres Puniques, eſt aſſeurément un Ouvrage digne de ſa gloire, où il a jetté de tres-belles choſes en divers endroits. Il contient dix-ſept Livres pour décrire principalement les Guerres d'Annibal, & commence par la propoſition, ſans y joindre d'adreſſe au Souverain de ſon temps, aprés une invocation qu'il fait à la Muſe. Perſonne n'en a fait de Traduction juſques ici, qui ſeroit pourtant un ſujet digne de l'honneſte loiſir de quelque bel Eſprit. En voicy quelques Vers du commencement, qui fut le divertiſſement d'un ſeul jour, comme pendant d'autres journées toutes les autres pieces ſeparées de cét Ecrit, l'ont eſté également, de celuy qui en voulut bien faire, comme un bouquet de fleurs pendant le mois de May de l'année 1674.

LE COMMENCEMENT

DU POEME DE SILIUS ITALICUS DE LA GUERRE Punique. *Ordior arma quibus*, &c.

J'Entreprens de parler de ces armes altieres,
Qui juſques dans le Ciel, par tant de troupes fieres,
Ont d'Enée élevé la magnanimité,
Sa gloire & le grand nom de ſa Poſterité:
Et par qui l'on a vû ſuivre la Loy Romaine,
Et la fiere Carthage, & la gent Africaine.
De l'antique Heſperie, ô Muſe, repein-nous
Les travaux inouïs, & les juſtes courroux.
Di-nous auſſi combien cette Rome a fait naiſtre
De Perſonnages forts qu'au monde on vit pareſtre,
Lors que la Nation qui deſcend de Cadmus,
Manquant à ſa parole, on vit les cœurs émeus.
Les ſerments violez rompirent l'alliance:
Où chacun prétendoit la ſuprême Puiſſance.
De là vint qu'on ſe mit en peine ſi long-temps
De trouver une place entre des Combatans,

Où

Où la Fortune puſt, pour aſſeurer ſa teſte,
Dans les troubles fameux, ſoûtenir la tempeſte.
En trois rudes Combats, les Chefs Sydoniens,
Sans craindre ni les Dieux, ni les Auſoniens,
Violant les accords, rompirent l'alliance,
Que l'on avoit jurée en leur ſainte preſence.
En ſe mocquant ainſi des traitez & des lois
Leur audace le fit, & le fit par trois fois:
Par une impieté peut-eſtre ſans exemple
Iuſqu'au pied des Autels & dans l'auguſte Temple.
L'épée avec la force eut aſſez de pouvoir
De preſcrire des Loix à ſon juſte devoir.
Pour les Traitez de paix ſon audace fit croire,
Qu'ils n'eſtoient bons qu'à rõprè, où l'on trouve ſa gloire.
Mais il eſt vrai que l'une & l'autre Nation
Conſpiroient leur malheur dans cette infraction:
Et que celle des deux, qui ſe tiendroit heureuſe
De vaincre ſa Rivale, en ce point glorieuſe,
Fut reduite ſouvent au danger de perir
Plus que ſon Ennemie où tout doit concourir.
Les places on munit, on ſoûtint les attaques,
On arma les vaiſſeaux & les grandes carraques.
Par les Carthaginois les Forts furent preſſez,
Et Rome deffendit ſes hauts murs terraſſez.
Les cauſes je dirai de ces grandes coleres.
I'en dirai l'origine & toutes les miſeres,
Qui mit entre les mains de la poſterité
Des armes qui font peur à ſa dexterité.
Et je revelerai les ſecrets de l'Hiſtoire,
Reprenant de plus haut ce que l'on en doit croire.
Didon qui de ſon frere évitant la fureur,
Sortit de ſon païs pour calmer ſa terreur,
Vint autresfois ſurgir ſur les coſtes Libyques,
Où pour ſe maintenir, ſous des Lois tyranniques,
On luy permit de faire un édifice neuf
Dans l'eſpace enfermé qui fit la peau d'un Bœuf.

En de petits filets cette peau separée,
Fut pour faire une Ville assez bien preparée.
C'est là, comme l'a dit toute l'Antiquité,
Que Iunon fit dessein à perpetuité,
D'établir la demeure à des fugitifs braves,
Avant qu'elle eust aimé, pour d'illustres Esclaves,
Mycenes, qui depuis avec la noble Argos,
Fut pour Agamemnon, & pour d'autres Heros,
Le siege de l'Empire & de sa residence.
Mais voyant bien que Rome élevoit sa puissance,
Sur l'insolent orgueil des fieres Nations:
Qu'elle faisoit marcher par tout des Legions,
Envoyoit des Vaisseaux & des Flottes armées,
Dont les Mers se trouvoient en tous païs semées,
La crainte qu'elle en eut l'obligea d'exciter
Tous les Pheniciens, afin de meriter
Dans des combats fameux l'éclatante Victoire,
Qui donne aux grands Guerriers les charmes de la gloire.
Car apres des effets inutiles rendus
Dans un premier combat sans dessein attendus:
Et qu'enfin sur les Eaux les conquestes Libyques
N'eurent point de succez, selon ses pronostiques,
Desirant retenter par un nouveau combat,
La fortune qui peut restablir un Estat,
Vn homme seul puissant, pour son humeur altiere
Parut en son esprit plus qu'une armée entiere.
Aussi fut-il capable en son courroux amer,
Et d'émouvoir la terre, & de troubler la mer.

Annibal emporté de sa grande proüesse,
Estoit encore outré des feux de la Deesse,
Qui de luy seulement desiroit se servir,
Afinqu'elle pust voir son courroux assouvir;
Lors que ravie ainsi de se voir assistée,
Du secours d'un tel homme, en soy-mesme agitée,
Et sçachant bien encor que comme un tourbillon
Il devoit exciter sous un gros bataillon

Plus de poussiere en l'air au cœur de l'Ausonie,
Que n'en peut émouvoir une ardeur infinie,
Portant ses Etendarts au pays de Latin.
Quoy! le Troyen, dit-elle, emportant son butin,
Aprés qu'en tant de lieux j'en serai méprisée,
M'aura-t-il par deux fois pour ses Dieux abusée,
Ses Penates captifs de Phrygie amenez,
Comme victorieux en ces lieux destinez!
Aura-t-il mis le Sceptre entre des mains Troyennes?
Par elles sera-t-il asseuré hors des miennes?
Tandis que de Ticin l'on verra les deux bords
Ne pouvoir contenir les cadavres des Morts,
Que le Trebie enflé du sang boüillant qui coule,
Et qui, comme un Torrent va grossir l'onde en foule,
Ou que les corcelets, les traits, les Etendars,
Pour boucher le Canal y méleront les dars,
Et qu'avec de l'horreur on verra Trasimene
Dans son lit ne pouvoir se contenir qu'à peine,
Pour le massacre affreux dont il sera troublé?
Ou tandis que mon cœur sera d'aise comblé,
Voyant Cannes tombeau de toute l'Hesperie
En faire en mesme temps une horrible tuërie?
Aussi bien que ton cours, Aufidie, en tes Eaux,
Qui, sans te contenir, sous tes moites roseaux,
Traverseras par tout les Iavelots antiques,
Allant de là rougir les flots Adriatiques?
En parlant de la sorte, elle donna du cœur
A ce jeune Guerrier ravi d'estre vainqueur.
Rien ne pouvoit borner son ame ambitieuse:
Et certes sa fortune estoit capricieuse:
Rien ne pouvoit aussi son courage assouvir.
Nulle parole en luy, pour s'en pouvoir servir,
Par son esprit altier méprisant la Iustice,
Il n'avoit point de foy; mais beaucoup d'artifice.
Les Dieux le touchoient peu, quand il estoit armé.
De l'amour des Combats son cœur estoit charmé.

Il méprisoit la paix : & sa vertu maligne
Rejettoit tous les biens dont il n'estoit pas digne.
Sa soif estoit cuisante, & dans le sang humain
Il pouvoit seulement desalterer son sein.
Comme il estoit encore en la fleur de son âge ,
Il vouloit effacer par un humeur sauvage
Ce qu'il ozoit nommer honte de ses Parents ,
Tous les traitez de Paix dont ils estoient garents.
Ainsi Iunon trompoit , si l'on n'en fait à croire,
L'esprit ambitieux d'Annibal pour la gloire.

VALERIVS FLACCVS.

CE Poëte qui n'a pas esté traité favorablement par quelques Critiques de nostre temps, bien qu'il ait du merite, & qu'il ait esté loüé par Stace & par Martial en divers lieux de leurs Ouvrages, comme l'un des plus beaux Esprits de son Siecle, a composé le Poëme des Argonautes apres Apollonius Rhodius, lequel il a compris en huit Livres : En voicy le commencement, d'où l'on pourra juger en quelque sorte de tout le reste. Il l'adresse à Vespasien & à ses Enfans d'une maniere assez flateuse, comme il ne seroit pas juste d'en user autrement vers les Souverains, qui ont la puissance absoluë, & qui veulent presque tousiours qu'on leur donne de l'encens, ne se pouvant mesme persuader qu'il y ait jamais de loüanges au dessus de leur merite. Ce commencement donc assez noble répond aux vingt-&-un premiers Vers de cét Ouvrage, qui n'a jamais esté traduit, & qui meriteroit bien de l'estre par quelqu'un qui fust capable d'y mettre la main.

DV POEME

DES ARGONAUTES DE VALERIVS FLACCVS.

Prima Deum magnis canimus freta pervia Nautis,&c.

IE chanteray les Mers, qui furent les premieres
Couvertes de Vaisseaux sous des Voiles altieres,
Par de fameux Nochers, qui tous Enfans de Dieux,
Devoient porter leur nom, & leur gloire en tous lieux :
Les Voyages que fit avec tant de miracles ,
Cette Nef qui rendit autresfois des Oracles ,

Ses detours ſur les Eaux, les horribles dangers,
Qu'elle courut cent fois ſur des bords étrangers,
Où s'élevent ſi haut les Roches Cyanées,
Le grand étonnement des Mediterranées.
Et comment en des lieux par les Heros choiſis,
Elle fut en Scythie aux rives de Phaſis :
D'où reportée au Ciel, elle augmenta le nombre
Des feux du Firmament qui parent la Nuit ſombre.
Pour un ſi grand ſujet, ô divin Apollon,
Inſpire-moy des Vers ſur un ſublime ton,
Si ma Maiſon n'eſt point d'impureté ſoüillée :
Et ſi dans le deſordre, elle n'eſt point broüillée,
Pour meriter l'honneur d'admettre ton trepié,
Qui porte tes faveurs avec ton amitié,
Avec tes hauts ſecrets aux divines Preſtreſſes,
Les Sibyles qui ſont l'objet de tes largeſſes.
Et ſi mon front ſe peut quelque jour honorer,
Du Laurier qui te pare, & qui me doit parer.
Mais vous, grand Empereur, de qui la Renommée
Verra tout ſous ſes pieds comme de la fumée,
Pour vous eſtre donné ſur une immenſe Mer
Vn paſſage qui peut tout le monde alarmer,
Plus grande auſſi beaucoup que la Tyrrhenienne,
Ni que toute l'Egée avec l'Ionienne,
Quand le grand Ocean vous porta ſur ſes Eaux,
Sur le bord Britannique, où furent vos Vaiſſeaux.
Apres avoir long-temps mépriſé du grand Iules
Les expeditions dignes des faits d'Hercules :
Separez-moy du Peuple, éclairez mon eſprit
Pour former un grand ſens ſur quelque noble écrit.
Favoriſez nos vœux, pour celebrer les armes
Des valeureux Heros qu'ornerent tant de charmes,
Quand dans les Siecles vieux, ils furent les premiers
Qui pour une conqueſte acquirent maints Lauriers.
Voſtre fils qui connoiſt les ſecrets de l'Hiſtoire
Nous fera le recit de la grande Victoire,

Qui soûmit l'Idumée à son authorité :
Nous dira la valeur & l'intrepidité
De son frere noircy d'une honorable poudre,
Quand sur Ierusalem, il fit tomber la foudre.
Et dés qu'il nous l'aura dépeint tel qu'il estoit,
Furieux dans ses tours, où rien ne l'arrestoit,
Il se rendra soigneux d'honorer vostre gloire,
Par des honneurs divins dignes de la memoire.
Et fait un nouvel Astre entre les Immortels,
Ses mains vous dresseront icy-bas des Autels.
Vostre Etoile aux Vaisseaux sera beaucoup plus seure,
Que celle que l'on nomme au Ciel la Cinozure,
Ny que la petite Ourse aux Pilotes des Grecs,
Tant nous aurons pour vous de sinceres respects.
Afin donc que ma voix aux Villes d'Italie,
Tant d'exploits merveilleux incessamment publie,
Donnez-m'en le pouvoir, ô Prince genereux,
Et qu'ainsi mon Ouvrage accomplisse mes vœux.

CLAVDIEN.

Ce que je vais rapporter de cét Autheur est du commencement de son Poëme du Ravissement de Proserpine, non pas de la Traduction de Monsieur le President Nicole de Chartres, qui a donné cette piece entiere, dont il s'est fait honneur. I'ai fait celle-cy sans avoir vû la sienne : & je l'ai faite aussi dans un dessein particulier qui n'a rien de commun avec celuy de ce President que j'estime parfaitement.

LE COMMENCEMENT DU RAVISSEMENT DE PROSERPINE DE CLAUDIEN.

Inferni raptoris equos, &c.

MOn eſprit eſt preſſé d'une chaleur divine,
Et je conçois l'audace où l'on me détermine,
Pour chanter les chevaux du ſombre Raviſſeur,
Qui ſe couvrent touſiours d'une noire épaiſſeur.
Les Aſtres étonnez d'une choſe ſi rare,
Voyant un Char ſortir du gouffre de Tenare,
Pour aller enlever la Iunon des Enfers,
N'ozerent éclairer ſes chaiſnes & ſes fers.
Profanes loin d'icy, la fureur Poëtique
Ne me veut rien laiſſer que la penſée unique,
De ſuivre les accords que du ſacré Vallon,
Nous mettra dans le cœur le ſçavant Apollon.
Sur leurs Sieges émeus deſia de Simulachres,
Avec leurs ſaints Autels, leurs Temples, & leurs Sacres
Me paroiſſent lancer une ſainte ſplendeur,
Pour nous dire d'un Dieu, qu'il vient en ſa grandeur.
On ſent de tous coſtez un tremblement terrible,
Des Abyſmes profonds l'on oit un bruit horrible.
Le Temple reveré dans Athenes mugit.
Le flambeau d'Eleuſis entre ſes mains rougit.
A l'aſpect des Serpens du jeune Triptolême:
On s'étonne, & chacun par l'effroy devient bleſme.
Leurs ſifflemens ſont forts, leurs yeux ſont allumez,
Et pour traiſner ſon Char, leurs dos ſont enflâmez.
Ils agiſſent touſiours, & leurs creſtes vermeilles
Se dreſſent ſur leur teſte écoutant des merveilles.

Ils entendent des Vers dont ils ſont enchantez,
Auſſi, pour leur ſujet, les a-t-on inventez.
Mais regardez de loin venir l'antique Hecate,
Dont le triple viſage autour de nous éclate.
Auprés d'elle Bacchus s'avance lentement :
Il s'ombrage le front d'un lierre charmant.
Sur ſon épaule il porte une peau de Tigreſſe,
Qui luy ſert de manteau pour couvrir ſa molleſſe.
L'attachant ſous le col de ſes ongles dorez :
Sur un Thyrſe appuyé, ſes pas ſont aſſeurez.
Et comme il boit du vin, ſa teſte parfumée
Ne le garentit pas d'en ſentir la fumée.

O Dieux, A qui l'Averne, en ſes gens mal-heureux,
Ne tient jamais de compte à vos Peuples nombreux,
De tout ce qui perit, par un fatal caprice,
Afin de contenter ſa cruelle avarice :
Qui du Styx entourez en voſtre noir Canton,
Ecoutez le faux bruit du fameux Phlegeton.
Ouvrez-nous vos ſecrets, qui ſont impenetrables,
Vos Myſteres ſacrez, vos Loix inviolables.
Par quel flambeau l'Amour a-t-il bruſlé le cœur
Du Tiran des Enfers pour en eſtre vainqueur ?
Par quel raviſſement Proſerpine enlevée
Dans le triſte Cahos ſe vit-elle arrivée ?
Qui luy donna l'Empire en ces lieux deſolez ?
Et par qui tous ſes ſoins furent-ils conſolez ?
En quel païs courut, aprés l'avoir perduë,
Sa Mere qui du monde eſtoit ſi peu connuë,
Elle l'alloit chercher, quand ſans cét accident,
Les hommes ne mettoient que du gland ſous la dent ?
Ils n'avoient point de bleds, ne cherchant vers les plaines
Qu'un aliment groſſier ſur le bord des fontaines, &c.

Et

Et un peu plus bas dans le mesme Livre, pour ne rien perdre de ce que nous en avons traduit en Vers. *Ætneæ Cereri proles*, &c.

CERES qui se plaisoit autour du Mont Etna,
N'avoit rien qu'une Fille où son cœur se borna;
Cette fille estoit belle, & la chaste Lucine
L'avoit formée ainsi d'une Race divine,
Sans juger à propos d'accorder à ses Vœux
D'autres Enfans bien nez, l'espoir d'autres Neveux.
Et depuis qu'elle eut fait cette couche premiere,
Elle se contenta qu'elle fust la derniere:
Elle devint sterile, & son sein fut lassé
De concevoir les feux d'un cœur embarrassé.
Mais enfin, pour n'avoir que cette fille unique,
Elle se tint heureuse, & son humeur pudique
La fit plus glorieuse, & plus vaine cent fois,
Dans son opinion, que des Meres de Rois:
D'un grand nombre d'Enfans, la seule Proserpine,
Faisoit toute sa gloire, en sa Maison divine.
Elle en avoit du soin la suivoit en tous lieux,
Et la caressoit plus, en l'observant des yeux,
Qu'en son regard oblique une Mere nourrice
N'observeroit des yeux sa petite Genice
Qui n'auroit point encor les herbages foulé,
Et n'auroit point au front de Cornichon perlé.
Déja la Belle estoit en la fleur de son âge.
Elle pouvoit subir les loix du Mariage:
Car insensiblement une nouvelle ardeur
Sollicitoit déja sa charmante pudeur.
La Maison de sa Mere estoit déja remplie
D'Amants passionnez où l'interest se lie,
Qui, pour la meriter se debattoient entr'eux,
Et pour elle chacun vouloit marquer ses Vœux.
Entr'autres le fier Mars signalé par ses Armes,
Et Phœbus par son Arc, comme par tous ses charmes.
Mars luy donnoit Rhodope, & Phebus promettoit
Delos, Claros, Amycle & le nom qu'il portoit.

S

Par là, pour ſon cher fils, Iunon vouloit la Belle.
Latone pour le ſien, la deſideroit plus qu'elle.
Mais la blonde Cerés mépriſa tous les deux,
Et cependant craignoit un ſort plus dangereux.
Car elle avoit appris, qu'en dépit de l'envie,
Sa fille quelque jour ſe trouveroit ravie.
Elle voulut alors dans ſon preſſant beſoin
Les Domeſtiques Dieux prier d'en avoir ſoin;
Mais helas! tous ces Dieux luy furent infideles,
Elle quitta le Ciel dans ſes craintes mortelles,
Elle vint en Sicile, où pour ſa ſeureté
Elle mit à couvert cette jeune Beauté.

Ce qui ſuit eſt imprimé dans le Virgile en Vers de l'Edition de 1673. en la page 239.

AUtrefois la Sicile, à qui Thetis s'allie,
Eſtoit conſiderable au corps de l'Italie:
Mais, par ſa violence, une orageuſe Mer
L'entre-ouvrit pour donner paſſage au flot amer.
Les Rochers élevez vers la Plage Etherée,
Ne peurent reſiſter aux efforts de Nerée.
Ce Dieu pour la preſſer de ſes coups furibonds,
L'écarta d'elle-meſme, & penetra ſes Monts.
Elle y mit un détroit, ſeparant ſa jointure,
Pour luy faire changer de borne & de nature.
L'Iſle eſt triangulaire, & regarde le Port
De la Terre oppoſée à l'aſpect de ſon bord.
Le Pachin avançant ſa roche ſourcilleuſe
Voit l'Onde Ionienne en maints lieux perilleuſe
La Mer de Getulie y choque rudement
Les bras de Lilybée avec étonnement.
Et d'un autre coſté la rage impitoyable
De la Toſcane Mer porte un choc effroyable
A Pelore oppoſé qui ſoutient ſon aſſaut:
Etna tient le milieu, qui s'éleve ſi haut,
Cet Etna qui jamais ne taira l'eſcalade,
Qui porta la terreur du fameux Encelade

Iusqu'aux portes du Ciel, Encelade entraîné
Au fonds de la Prison qui le tient enchaîné.
Là, chargé de tourmens, il exhale le soulfre
De sa poitrine ardente, où s'allume un grand gouffre.
Si, d'un rebelle orgueil, secoüant son fardeau,
Il se tourne à costé vivant dans son Tombeau,
L'isle en est toute émuë, & les Villes en tremblent,
Et leurs forts ébranlez dans la peur se rassemblent.
De connoistre de l'œil la cime de ce Mont,
On le peut seulement sans y monter de front.
Excepté le sommet, le reste est en Bocages.
On y voit en tous lieux des feux & des pascages:
Mais tantost cet Etna vomit de gros tourbillons,
Qui d'un nuage épais forment de gros boüillons,
Dont le jour s'obscurcit, & de ce gros nuage,
Il attaque tantost dans la Celeste Plage
Les Astres élevez par ses émotions,
Qui se moquent pourtant de ses pretentions.
Il nourrit tous ses feux à son propre dommage.
Mais, quoy qu'en son ardeur, il boüillonne de rage,
Il épargne pourtant les neiges de son front,
Et la glace durcit à l'entour de ce Mont;
Où certain froid secret l'a tousiours maintenuë,
Sans l'atteinte du Feu qui s'épand dans la Nuë.
D'où viennent tant de Feux qui brûlent les Rochers,
Et les font devenir comme de grands Buschers?
Quelle force étonnante ainsi dans les Cavernes
Se ramasse à la fois sur des Masses internes?
De quel abysme creux ces flâmes de Vulcain
Peuvent-elles pousser un effet si soudain?
Cela sans doute arrive, & mesme on le peut croire,
D'un Vent impetueux que l'ardeur ne peut boire
En des lieux resserrez, d'où ne pouvant sortir,
Il brise les Rochers quand il en veut partir.
De là, de tous costez, il porte des ruines,
De ces antres profonds par d'étranges machines,

Où la Mer au travers des entrailles du Mont
Se brouïlle avec le soulfre élevé de son fond:
Et de là s'enflâmant par ses Eaux d'elle-mesme,
Elle pousse une ardeur d'un mouvement extrême,
Ce fut en ce lieu-là que la bonne Cerés,
Voulut que Proserpine eust soin de ses Guerets.

FIN.

On a fait aussi la Version en Vers de diverses pieces d'Ausone telles que du *Cento Virgilianus*, de l'Amour crucifié, & de quelques autres qui se lisent à la fin des Catalectes des Anciens en page 89. & suivantes.

Et touchant les Vers de la Version de Stace contenus dans ce Livre, il y en a 3488. de Lucain 304.

De Silius Italicus 134.

De Valerius Flaccus 60.

De Claudien 172.

En tout 4158.

www.ingramcontent.com/pod-product-compliance
Ingram Content Group UK Ltd.
Pitfield, Milton Keynes, MK11 3LW, UK
UKHW020342230726
13925UKWH00003B/915